Cécile Alix

Homère in the city

casterman

« *Tell me, what is it you plan to do with your one wild precious life ?*

« Dis-moi, qu'entends-tu faire de ton unique, sauvage et précieuse vie ?

Mary Oliver

1

Quand tu chantes, quand tu chantes...

Il s'appelle Sol.

Mmmm mm...

Dans sa tête, ça ressemble à un nuage d'orage. Ou à un buisson d'épines. À un buisson d'orage en nuage d'épines, gribouillé par un enfant. Il a le cerveau rempli de taches d'encre et de gros pâtés. Les traits s'enchevêtrent, les lignes se mélangent, il aimerait trouver le point de départ, l'endroit où le crayon a commencé à tracer, attraper le fil, tirer patiemment et tout démêler. Par moments, ce fouillis dans sa tête le panique, il a envie de hurler : « Je fais comment, hein ? Je fais comment pour sortir de là ? »

Quand tu chantes, quand tu chantes...

Lorsqu'il avait cinq ou six ans, Sol aimait lâcher la main de son père dans la rue pour piquer un sprint. Son père criait : « Sol ! c'est dangereux, fais attention aux voitures, attends-moi ! » Il se lançait à sa poursuite et l'enfant redoublait de vitesse, se prenait pour Spirit, l'étalon des plaines. Il galopait en jetant des coups d'œil par-dessus son épaule et le trouvait beau, son père, avec ses mains tendues et son corps qui bondissait derrière en faisant le grand écart dans les airs. « Tu serais un danseur ! hurlait-il. Et moi je serais un cheval ! »

Quand tu chantes, quand tu chantes...
Mmmm mm...

Au-dessus de sa tête, les merles sifflent leur rap. Becs jaunes, plumes noires. Sol accélère. Il a dix-sept ans. Derrière lui, son père ne cavale plus avec ses bras en l'air, mais il continue à se faire des films, imagine qu'à chaque foulée ses pieds ne touchent pas terre. *Je serais un cheval qui danserait sur le bitume du trottoir.*

Quand tu chantes, quand tu chantes...

Il aime le flow du matin, surtout au printemps. Un matin de printemps, ça nettoie les buissons d'orage, ça laisse de la place aux courants d'air. Les branches des peupliers se prennent pour des danseuses orientales, le ciel se reflète dans les vitres, il y a du pollen en suspension, tout est jaune, vert et bleu… il en oublie presque le béton crasseux des immeubles. Presque.

— Eh, Sol !

Tatepa le rattrape, pétarade à son niveau. Sa monture s'appelle 125YZ, c'est une Yamaha bleue, la prunelle de ses yeux.

Ils se connaissent depuis toujours. Sont nés dans le même hôpital à trois jours d'écart, habitent le même immeuble et sont devenus inséparables à partir du CP.

L'année suivante, Sol, l'enfant rêveur, l'enfant rieur et galopant, est devenu enragé. Un matin, au milieu des cris épouvantés des autres élèves, il a vidé sans un mot le contenu de son casier par terre. Quand il s'est saisi de sa chaise pour la fracasser sur le bureau, Tatepa s'est levé, il a posé ses mains sur les épaules de Sol et, devant l'institutrice tétanisée, l'a doucement guidé hors de la classe. Ils se sont assis au pied d'un platane dans la cour et la fureur de Sol s'est éteinte. Au-dessus d'eux bruissait un royaume de verdure, un vertige de souffles et de murmures. « Je ne te laisserai jamais », a dit Tatepa.

Ils se sont appliqués à scier les mêmes barreaux sous leurs pieds. Ils ont été des élèves médiocres-absents-insolents, ont dégoûté le corps enseignant, collectionné les avertissements, les conseils de discipline, les heures de colle à glander en se prenant pour des caïds. Ils sont restés ensemble, tout le temps.

Sol ne ralentit pas, Tatepa roule à côté de lui.

— Jamais tu t'arrêtes, toi !

Sol est Noir, Tatepa Blanc. Au collège, la prof d'arts plastiques, aussi délicate qu'un hippopotame s'ébrouant dans la vase, les appelait Yin et Yang.

— Pourquoi tu cours ? T'es pressé de voir tes vioques ?

Sol fait semblant de vomir sur le trottoir, Tatepa se marre.

— Te plains pas, la semaine dernière, j'ai fait que déboucher des chiottes !

Après la troisième, ils se sont calmés. Tatepa va devenir plombier, Sol sera assistant technique en milieux familial et collectif, homme de ménage, quoi. Comme son père. Il a le chromosome de la serpillière dans les gènes.

La vérité, c'est qu'ils n'ont rien choisi. La machine à gérer les cas désespérés les a orientés en apprentissage, là où il restait de la place, là où on voulait bien d'eux. C'était ça ou rien. Ce qui les a surtout motivés, c'est qu'en alternance ils sont payés, même si Tatepa dit qu'ils sont exploités, qu'ils auront des tafs de merde et des vics d'esclaves.

— Ce soir, on va sur le parking de La Neuve ! annonce-t-il à Sol, comme s'il lui proposait une virée à Los Angeles. Y aura des rampes, on va s'envoler !

Sol lui coule un sourire en coin, il sait déjà ce qu'il va lui demander.

Tatepa, c'est le verlan de Patate, comme l'avaient rebaptisé des crétins à l'école, à cause de son ventre qui débordait de son jogging. Au collège, il a retourné le blaze d'un flip de syllabes, histoire de se créer une identité plus stylée, et il s'est mis à la muscu.

Son beau-père est routier. Il s'appelle Patrice Quibert, mais tout le monde le surnomme PQ, rapport à ses initiales. Il est bonne pâte, ça le fait rigoler. PQ aime Johnny (Hallyday pas Depp), boire des bières et emmener son beau-fils à des rassemblements de bikers. Il lui a offert 125YZ pour son anniversaire, ils ont la moto dans le sang tous les deux.

— Tu pourras venir ? demande Tatepa. J'ai travaillé une nouvelle figure, je vais la tenter, elle est… elle est…

Il en bafouille tellement elle est.

— Elle est... je trouve pas les mots pour la décrire. Faudrait que tu voies...

Sous son casque, ses yeux ont sept ans. Sol connaît cette tête, celle du gosse qui vient chercher son pote terré chez lui, muet depuis des mois, pour l'emmener voir les grands faire du rodéo moto. « Allez, accompagne-moi, Sol ! T'auras pas besoin de parler aux autres. Tu verras, c'est cool ! »

Sol n'est plus muet, il a apprivoisé sa violence, mais il passe ses soirées dans son terrier. C'est un animal sauvage, un renard casanier. Il n'a pas d'amis à part Tatepa. Pas d'ennemis non plus. Dans le quartier, on s'est habitué à sa longue silhouette toujours en mouvement, à ses silences, à sa carapace. On n'insiste pas, chacun ses problèmes. On le salue au passage et on l'oublie tout de suite après. Il ne s'imprime pas dans les rétines, c'est un étranger familier, un furtif qui passe sans laisser de trace, une ombre transparente dont la gravité tend davantage au ciel qu'à la terre.

Si Tatepa n'avait pas insisté, Sol serait devenu un étranger pour lui aussi.

— Alors ? T'es chaud ou pas ? s'obstine-t-il. On sera contre ceux de la Reyssouze.

— T'inquiète, je veux pas louper ça ! lance Sol.

Le sourire de Tatepa lui cueille le cœur. C'est son frère, ce gars-là.

— Tu le regretteras pas, tu vas planer ! Je te promets, tu vas planer !

Sol lève les bras à l'horizontale et fait l'avion.

— Allez, à ce soir ! Check aux vieux !

— Salut, Tatepa, tombe pas dans tes chiottes !

125YZ vrombit, accélère en roue arrière.

... Quand tu chantes, quand tu chantes,
Quand tu chantes, Wizard...
Mmmm mm...

C'est dingue, cet air ! Sol l'a dans la tête depuis la veille.

Le soir, quand il rentre chez lui, la musique à fond dans son casque, il fait des trucs bizarres. Comme étudier pourquoi les spaghettis crus se cassent en trois morceaux ou dans quel sens tournent les tapis à bagages des aéroports. Il lui arrive aussi de mater de vieilles pubs des années 90 sur YouTube, des westerns italiens, des docus sur les organismes unicellulaires, des replays de *Questions pour un champion...* ce genre de choses. Plus c'est décalé et barré, plus ça l'attire et mieux ça lui vide la tête. S'il ne sature pas son esprit de sons et d'images, les souvenirs affluent et lui déchirent le ventre.

Une nuit, il a regardé par hasard la vidéo d'un acteur qui récitait un poème d'Arthur Rimbaud. « Je me crois en enfer donc j'y suis », disait-il. Sol a bien aimé, ça avait du sens. Ensuite il a zappé sur des bêtisiers d'animaux.

Depuis dix ans, il comble le manque par l'absurde. Tatepa dit que c'est mieux que de devenir alcoolique ou accro à l'héro.

Sol vit avec son père, Melvin, dans un trois pièces cuisine au douzième étage de la tour la plus haute du quartier du Pont-des-Chèvres. Pour persuader les riverains que la poésie est partout, quelqu'un qui n'y habite pas a donné un nom champêtre à leur mini-ghetto, mais aucun cabri n'égaie l'herbe clairsemée. Quant au pont, indispensable pour s'affranchir du monde terrestre, s'envoler un peu et se rapprocher du ciel, ce pont non plus n'existe pas.

Pour Sol et Melvin, il y a eu un avant, léger, ensoleillé. Le quartier était leur royaume, rien ne pouvait leur arriver. Dans leur après, Sol a dressé des remparts infranchissables autour de lui et Melvin erre comme une âme en peine de l'autre côté.

Hier soir, avant le retour de son père, Sol a réchauffé une boîte de raviolis avec plus de sauce tomate que de pâtes fourrées au pur bœuf Panzani et s'est enfermé dans sa chambre avec son ordi. Il est tombé sur une vieille publicité de Wizard, le fameux spray « bouquet des îles » qui mettait de l'exotisme dans les waters, et l'a visionnée en boucle. Il s'est endormi tard, bercé par la voix de Nana Mouskouri, la chanteuse de la pub. Dans son rêve, elle avait la tête de madame Bouchard, la prof qui lui enseigne les techniques de lessivage de sol et de nettoyage de sanitaires. Elle agitait convulsivement la bombe de désodorisant en chantant, et chaloupait en blouse jaune au milieu des palmiers. On aurait dit une sirène cellulitée sous acide, c'était flippant.

... Il parfume, il crée l'ambiance
Et je danse, Wizard.

Il est arrivé, lève les yeux sur la façade. La couleur du crépi hésite entre le vert-pigment-biliaire et le jaune-pustule-pneumocoqué, le ficus derrière la vitre de la salle d'activité souffre de déshydratation sévère et ne va pas tarder à crever, les fenêtres lui font penser à celles d'un clapier. Il n'a plus envie de chanter, plus envie d'être un poète. Il dit « putain, fait chier » et pousse la porte de la maison de retraite.

2

Sur la banquette en skaï abricot de l'accueil, il y a un petit tas d'os, emmitouflé dans une robe de chambre matelassée. Sol l'évite du regard et file jusqu'à la salle du personnel. Quelqu'un braille quelque part dans les étages, ça se répercute jusqu'au rez-de-chaussée. On dirait le cri d'un animal blessé. Le matin, les soignants vont et viennent de chambre en chambre, les portes restent ouvertes, les hurlements s'échappent à travers les couloirs comme des fauves qu'on libère. Sol a l'impression de bosser dans un zoo.

L'EHPAD des Bleuets est plein de fantômes qui appellent au secours. Certains vieillards ressemblent à des revenants avec des doigts qui se cramponnent aux draps et un regard de vivant mort.

— Hello Sol ! Ça va ?

Elle, c'est Nathalie, sa cheffe de service.

— Ouais, tranquille…

La porte coupe-feu se referme, coupe la parole aux cris. Nathalie sourit à la cafetière comme si elle allait remplir sa tasse de champagne. Elle est toujours en forme, toujours positive. À croire que les anciens la galvanisent et que dans sa boîte crânienne, elle abrite un suricate et un phacochère qui chantent *Hakuna Matata* en boucle toute la journée. Elle se fie au pouvoir des pierres qu'elle distribue aux résidents : fluorine pour les rhumatismes, améthyste pour les intestins, citrine pour l'estomac… Grâce à elle certaines chambres des Bleuets ressemblent à une expo de minéraux.

Elle boit son déca à petites gorgées, rince sa tasse sous le robinet de l'évier et se tourne vers Sol.

— Alors, ton programme de la semaine…

À chaque fois, elle prend une voix d'hôtesse de l'air.

— Je t'ai mis au premier. Madame Josserand, dans la 135, a passé une nuit difficile, évite de la bousculer, attention de ne pas cogner les pieds de son lit.

— Ouais, OK.

— Fatou est en arrêt maladie, Jade est débordée. Tu l'aideras pour les toilettes si elle te le demande.

Elle lui adresse un clin d'œil. Elle et Gaby, la responsable de l'équipe rose, le mettent systématiquement en binôme avec Jade, la plus jeune des aides-soignantes. Elles ont trop regardé *L'amour est dans le pré.* Sol a envie de leur dire : « On atterrit et on se calme, les filles, l'amour n'est pas dans l'EHPAD. » Mais à quoi bon ? Elles s'éclatent à jouer les marieuses.

Nathalie continue :

— Pour le repas de midi, monsieur Kumar passe au régime sans sel, je l'ai indiqué sur ta fiche. La 112 s'est libérée, elle doit être prête pour 16 h 30. D'accord ?

— Ouais...

— Tu as des questions ?

— Non, c'est bon.

Nathalie tourne les talons, ouvre la porte, fait volte-face.

— J'allais oublier ! Les animatrices ont prévu un atelier cuisine cet après-midi, tu te rappelles ? Je t'en avais parlé.

Il ne s'en souvient pas.

— Tu déplaceras les tables de la salle d'activité en U, ce sera plus convivial. Avec Gaby, on se disait que ça pourrait être sympa de proposer à quelques dépendants qui ne bougent jamais de se joindre aux inscrits. Tout le monde aime faire des gâteaux... Tu nous aideras à les descendre ?

On pensait à madame Faure, madame Robin, madame Abdelhadi, madame…

Il y a plus de femmes que d'hommes aux Bleuets. Vraiment plus. C'est comme ça dans toutes les maisons de retraite. Les hommes meurent plus tôt. Peut-être parce qu'ils comprennent avant les femmes que l'espérance est un canular de la vie.

L'autre jour, Jade a prétendu que les femmes étaient programmées pour souffrir et que c'était ce qui les rendait aussi endurantes.

— Rien que la douleur de l'accouchement, tiens ! Les hommes ne la supporteraient pas et supplieraient pour avoir une césarienne dès la première contraction.

Quand elle affirme ce genre de pseudo-vérités, Sol se hérisse.

— Qu'est-ce que t'en sais ? a-t-il répliqué. T'as déjà vu un mec accoucher ?

— Nan, mais y a qu'à voir comment vous faites vos ouin-ouin dès que vous attrapez un rhume…

— C'est trop facile ! Regarde les types dans les tranchées, ils ont encaissé des trucs bien pires que pondre un gosse ! Il y en a qui se sont fait défoncer la tronche par des obus et ils ont continué à vivre sans bouche ou sans nez.

— Peut-être, mais personne ne les avait forcés à se battre. Si les femmes étaient au pouvoir, il n'y aurait plus de guerre.

Là encore, c'était facile, mais il n'a pas trouvé d'arguments à lui opposer. Il a abandonné et puis au fond, il s'en foutait.

Donc, comme d'habitude : Jade – 1 Sol – 0.

— Ouh, ouh, Sol ! Tu rêves ? Tu as entendu ce que je viens de te dire ?

Nathalie agite une main devant son visage. Elle croit sérieusement qu'on peut rêver aux Bleuets ?

— Et le mec de la 113, je le descends à l'atelier cuisine ? propose Sol. Ça lui fera une distraction, lui qui adore les meufs, il va plus se sentir !

Nathalie grimace.

— Très drôle.

Elle ajoute :

— Fais attention à ton vocabulaire, Sol, tu vas trop loin. Il y a un minimum de respect à avoir et des limites à ne pas dépasser, même quand on est entre nous. On est d'accord ?

— Ouais, pardon…

Elle regarde sa montre.

— Oh là là ! Je suis en retard !

Elle pivote. Repivote. Ce n'est pas une femme mais une girouette.

— Tu penses à raccompagner madame Brahim dans sa chambre quand tu te seras changé ?

La même phrase, tous les matins…

« T'as qu'à demander à Jade, c'est pas mon boulot ! » a envie de répliquer Sol.

Il répond :

— Ouais, ouais, OK.

— Sol ?

— Ouais ?

— Essaie de dire « oui » à la place de « ouais », pour voir…

— Oui.

Nathalie sourit, pas lui.

Il ne supporte pas d'être contraint, discipliné, soumis à des règles. Il n'a pas envie de devenir ce qu'il est déjà, un larbin au service des autres. Il se sent piégé, ça le rend nerveux et agressif. À la moindre contrariété, il sort ses griffes. Ce qu'il voudrait, c'est qu'on lui fiche la paix, qu'on cesse d'exiger de lui qu'il soit ce qu'il n'est pas. Il aimerait se libérer des entraves, s'écarter des pistes balisées qu'on lui a tracées, se délester des lourdeurs de sa vie, retrouver son insouciance de petit garçon. *Je serais un mustang sauvage et je galoperais dans les airs.*

Il se change dans les vestiaires. L'ensemble du personnel porte la même tenue de service dans des teintes différentes. Blanc pour les infirmières, rose pour les aides-soignantes, et pour les agents de service, jaune, couleur détergent. Sol ne se sent pas à l'aise dans ces vêtements, c'est raide, ça gratte, c'est moche. Ses sabots en plastique font pouic-pouic sur le carrelage des couloirs.

À l'accueil, la secrétaire vient d'arriver. Elle a un sourire freezer et une chambre froide à la place du cœur, ça la rend frileuse. Aujourd'hui, elle porte un pull à col roulé noir qui donne l'impression que sa tête de pitbull atrabilaire est posée sur un socle. La seule fois où ses yeux ont croisé ceux de Sol, c'était en septembre, quand Nathalie les a présentés. Elle a dit « enchantée » avec un regard qui affirmait le contraire. Depuis Sol l'appelle Connasse.

Il les connaît par cœur, ces regards chargés d'insultes et de mépris qui puent le racisme et crachent au visage. Il y a tellement de haine en eux qu'ils pourraient lyncher, tabasser, torturer, gazer. Avant, Sol pensait que le reflet que ces regards lui renvoyaient était le sien. Désormais, il sait que c'est leur âme à eux, ceux qui le jugent, qui se reflètent dans leurs yeux.

Derrière la vitre de sa niche, Connasse l'ignore en brassant des dossiers pour bien lui faire comprendre qu'il a moins d'importance que ses pochettes à rabats. Il se tourne vers tas d'os, alias madame Brahim, toujours ratatinée sur la banquette abricot. Elle a oublié de mettre son dentier, sa bouche plissée a avalé ses lèvres. En la regardant, Sol ne peut pas s'empêcher de penser au derrière d'un chat.

— On y va ?

Elle ne lui répond pas.

— Bon ben, venez.

Il l'aide à se lever. Une fois debout, elle lui arrive à peine à la poitrine. Jade lui a raconté qu'avant qu'il commence à travailler à l'EHPAD, elle ne sortait jamais de sa chambre. « Elle est très désorientée et n'arrive pas à s'adapter à la vie ici, alors elle se replie. C'est super encourageant, ce début d'autonomie ! » Nathalie et Gaby sont contentes, l'équipe médicale aussi. Elles ont dû passer le mot au personnel : « On laisse Sol la remonter. » Depuis six mois, le « début d'autonomie » perdure, sans évolution ni régression, il est devenu habitude.

Nathalie dit que pour beaucoup de résidents, l'habitude est une seconde nature. Pour mettre un peu de peps dans leur routine, les animatrices proposent des ateliers l'après-midi. Sol trouve que chanter *Auprès de ma blonde* en chœur, faire de la pâte à sel ou des gâteaux, ce n'est pas le top du fun, mais comme il n'a pas d'autres idées à suggérer et que ce n'est pas son boulot, il se tait.

La main glacée sur la sienne le crispe, il n'est pas tactile, le contact l'effraie. Madame Brahim a des yeux de cabot en détresse. Elle lui fait penser aux chiens, attachés devant la porte des supermarchés, qui poireautent sous la pluie en attendant que leur maître rapplique derrière son caddie. À un moment, il a l'impression que son regard se pose sur lui, que ses prunelles s'allument et qu'une étoile filante passe, mais non, il a dû se planter, elle a l'air complètement paumée.

« Sol, ça rime avec boussole », lui a dit Jade. Elle le soûle.

Il prend le bras de la vieille dame, elle trottine, il piétine, ils avancent dans le couloir. Au ralenti.

— Quand tu accompagnes un résident, tu le surveilles comme le lait sur le feu, tu anticipes, tu préviens la chute, c'est super important ! lui a expliqué Jade à son arrivée.

— Normalement, je m'occupe de l'entretien et de la bouffe, pas des gens, a marmonné Sol.

— Un EHPAD, c'est bourré de personnes fragiles qui ont besoin qu'on prenne soin d'elles. Alors si c'est nécessaire, tu oublies ton charriot, tu poses ta lavette, et tu les aides.

Premier round : Jade – 1 Sol – 0.

Le corps de madame Brahim flotte dans sa robe de chambre, elle ne pèse rien. Sol l'observe en douce. Il a peur que sa peau se déchire et qu'un courant d'air balaie le buisson desséché sur sa tête. Il pense : *la vie s'accroche à peine à ses os remplis d'air et son âme a déjà quitté son histoire*. L'instant d'après il se trouve débile : *faut que j'arrête mes délires, je m'en fous de cette vieille.*

3

Quand il est de service au premier étage, Sol s'occupe de la chambre 113 en dernier. Il frappe, entre en regardant ses pieds, dit « bonjour, vous avez bien dormi ? », n'écoute pas la réponse, pose le plateau sur la table de lit, la pousse devant le vieux, dit « bon appétit » et se barre. Cinquante secondes chrono, il a l'impression d'avoir couru un 100 mètres.

La première fois qu'il est entré dans cette chambre, il a cru que ses yeux allaient gicler de leurs orbites. Il est ressorti immédiatement et a failli percuter les filles, agglutinées derrière la porte.

Sa cheffe lui a demandé :

— Un problème, Sol ?

Ça se voyait qu'elle se moquait de lui. Pas méchamment, mais quand même.

— La déco de monsieur Gourdon t'a plu ?

Jade a pouffé. Fatou et Gaby aussi.

— Putain, pourquoi vous m'avez rien dit ? a-t-il gueulé.

Nathalie n'a pas relevé le « putain », elle était écroulée de rire avec les autres. Il a soupçonné un truc pas net et soudain il a compris. La chambre 113, c'était l'épreuve de bizutage des Bleuets. Le baptême du vieux, en quelque sorte.

Il a quand même demandé :

— Il a le droit d'afficher des photos de femmes à poil dans sa chambre ?

Re-éclat de rire. Ça commençait à devenir pénible et répétitif. Gaby a hoqueté, les joues dégoulinantes de rimmel :

— On n'est pas à l'hôpital, ici. Les résidents peuvent personnaliser leur chambre comme ils l'entendent, c'est leur domicile. Monsieur Gourdon a choisi de créer une ambiance cocoon propice à la rêverie, libre à lui !

Re-gloussements de pintades. Sol a haussé les épaules et il est retourné servir le petit déjeuner en évitant de regarder les murs de la 113.

Il vérifie sa fiche et ajoute deux barquettes de confiture sans sucre sur le plateau du vieil homme.

Jade lui a raconté son histoire, elle connaît celle de tous les résidents. Ils lui confient leur vie, elle les écoute comme une psy, sauf que c'est elle qui s'assoit sur leur lit.

Monsieur Gourdon, le résident de la 113, est retraité de l'agriculture, ancien chasseur. Il s'est goinfré de gibier à la sauce grand veneur toute sa vie, jusqu'à ce qu'on l'ampute d'un orteil pour commencer, puis d'un deuxième, puis des trois derniers du pied gauche et, pour finir (et pour l'instant), du pied droit tout entier. Il n'avait pas suffisamment surveillé son diabète, on l'a débité en tranches comme un sanglier. Son fils ne se sentait pas capable de gérer un futur homme-tronc alors il l'a placé aux Bleuets. Ça fait trois ans que le vieillard scandalise tout l'EHPAD avec sa déco érotique et ses réflexions salaces. Les animatrices ne lui proposent plus de participer aux ateliers, il effraie les résidentes. Même s'il joue de temps en temps aux cartes dans la salle du bas, Jade trouve qu'il est trop seul, d'autant plus qu'il n'a jamais de visite, son fils est venu le voir une seule fois à Noël l'année dernière. Quand elle lui a raconté tout ça, Sol s'est demandé ce qu'il ferait si on raccourcissait son père petit bout par petit bout.

Il frappe à la porte de la 113, entre en regardant par terre, dit « bonjour, vous avez bien dormi ? », pose le plateau sur la table de lit, la pousse devant le vieux, dit « bon appétit » et... veut juste perdre la vue et l'odorat, là, maintenant, tout de suite.

— Oh putain, le tsunami ! souffle-t-il.

— Tu l'as dit, mon gars, j'ai lâché la totale.

Monsieur Gourdon se marre, en slip sur son lit. Sol se liquéfie. Il est sous le choc, oublie toute retenue.

— Ça pue la mort !

Le vieux proteste en se grattant le torse :

— Dis pas des choses pareilles, tu vas me porter la poisse. Ça pue la chiasse, c'est tout !

Sol se pince les narines et respire par la bouche. Rien que de penser à l'air vicié qui s'engouffre dans sa trachée, il a l'estomac qui part en vrille. Si ça se trouve, il est en train d'absorber des milliards de microparticules de...

Quand il y a un accident sur la route, les gens ne peuvent pas s'empêcher de lorgner les bagnoles fracassées, fascinés par l'horreur. Lui, c'est pareil, ses yeux restent rivés sur la catastrophe. *Ne regarde pas, ne regarde pas !* se répète-t-il, tandis que l'autre rigole. *Comment ça se fait qu'il est en forme comme ça, lui ? À sa place, je serais en train de décéder !* Il finit par réussir à appuyer ses paumes sur ses paupières, ne voit plus rien mais renifle tout. C'en est trop, il va exploser. Il s'écrie :

— Bou... bougez pas ! Je reviens !

Et il détale.

Il cavale dans le couloir, entre dans les chambres, dit « pardon, désolé », ressort des chambres, recavale, se redésole, jusqu'à ce qu'il trouve Jade en train de masser le ventre du résident de la 177 qui roupille, complètement détendu.

Il est entré comme une bombe. Jade lui demande :

— Qu'est-ce que tu fais là ? Tu ne peux pas frapper ?

Il est au bord de la syncope.

— Faut que tu viennes ! 113 s'est fait dessus, y en a partout !

Jade fronce les sourcils

— Tu veux dire monsieur Gourdon ?

— Ouais ! C'est la cata !

Il mouline des bras, elle soupire :

— Ah zut, j'arrive.

Et elle continue à faire des ronds avec ses paumes sur le ventre du vieil homme. Sol s'énerve :

— Non mais ça urge ! Je sais pas quoi faire, là !

— Chut, tu vas le réveiller ! s'impatiente Jade. Panique pas, ça lui arrive de temps en temps, à monsieur Gourdon. Son traitement lui donne des troubles du transit. Je termine avec monsieur Mancini et je viens.

Ensuite elle lui explique que le résident de la 177 a la maladie d'Alzheimer et que, comme le djinn des pathologies de personnes âgées fait une fixette sur lui, il lui a collé en plus une ostéoporose sévère dans les os.

— Il ne peut pas se lever, le pauvre, sinon couic, il casse. Du coup, si on veut éviter de le bourrer de laxatifs pour qu'il aille à la selle, on lui masse le côlon à tour de rôle. Là c'est ma semaine.

Elle se réjouit comme une mère devant son gosse sur le pot.

— Ça fonctionne super bien !

Sol est anéanti. *Qu'est-ce qu'ils ont tous avec leurs histoires dégueu, ce matin ?* se désespère-t-il. *L'autre en slip baigne dans ses excréments et elle me parle des intestins de machin !*

Il insiste, excédé :

— Je t'assure, on peut pas laisser 113 dans cet état ! C'est Tchernobyl sur son plumard !

Jade lui jette un regard noir.

— Non, *on* ne peut pas, mais comme *on* n'est que deux à l'étage et que moi, je masse monsieur Mancini, *tu* vas t'occuper de monsieur Gourdon. Nettoie ce qui peut l'être autour de lui et couvre-le, je te rejoins dans cinq minutes. Capito, Action Man ?

Action Man ? Sérieusement ?

— Je suis en apprentissage, moi ! proteste-t-il. Je touche pas les résidents. Mon boulot, c'est assistant technique, je te rappelle !

Elle l'ignore, alors il sort en se retenant de claquer la porte. Il a l'humeur d'un troupeau de rhinocéros en train de charger et envie de tout envoyer promener.

Il récupère son charriot d'entretien avant de retourner dans la 113. Il ne comprend pas comment ses pieds font pour avancer alors que sa tête refuse d'y aller. Il tire au maximum ses gants en caoutchouc sur ses avant-bras et se met en apnée.

— Ah, te revoilà ! J'ai fait comme tu m'as dit, j'ai pas bougé.

Le vieillard a l'air content de le revoir. Sol évacue la table de lit sous la bimbo torse nu dans un champ de coquelicots et ouvre la fenêtre.

— Je me suis réveillé avec un mal de bide, je te raconte pas.

Sol s'en balance de son histoire, il ne veut pas savoir comment cette matière immonde a crépi la moitié du matelas. *Je ne pourrai pas nettoyer toute cette merde. Je ne pourrai jamais…* se répète-t-il. Ses mains sont moites dans ses gants, une goutte de sueur coule sur sa tempe gauche, son mental ne va pas tarder à le lâcher.

— Je me suis dit, sonne la petite, continue le vieux. Elle t'emmènera aux waters, tu démouleras un cake et ça ira mieux !

Sol a envie de lui hurler de la boucler, il part au front, là !

— J'ai même pas eu le temps d'appuyer sur le bouton. T'aurais vu !

La tête de Sol est remplie de brouillard. *Bon, je fais quoi ? Je tire les draps par en dessous ? Oui, mais le vieux risque de glisser... Manquerait plus qu'il se casse la gueule, ce con !*

— Ça gargouillait dans mes boyaux, on aurait dit un trop-plein d'égout, j'ai cru que j'allais crever !

Sol passe en pilote automatique, il n'entend plus, ne pense plus, il agit. Il tapisse le fauteuil roulant de serviettes de bain, en coince une en bavoir dans le col de sa blouse, glisse une main ferme dans le dos du vieil homme, une autre sous ses genoux.

— Fais gaffe quand même, j'ai pas l'air mais je pèse mon poids.

Le garçon bande ses muscles, soulève le corps à bout de bras, pivote, pose le paquet. Ça y est, le type est assis dans son fauteuil. Il lui colle une couverture sur les épaules. Il est en nage, une baignoire déborde sous sa peau.

— T'es un sacré costaud, toi ! s'exclame le vieux.

Sol arrache les draps souillés du matelas, en fait une boule, file dans le couloir, fourre la boule dans un sac poubelle, attrape un vaporisateur, retourne dans la chambre, tout ça en moins d'une minute. Le vieil homme se gratte le nombril sur son fauteuil.

Sol fixe les traces marronnasses au milieu de l'alèse. *Action Man, elle a dit ?* Il serre les dents, brandit le pulvérisateur, vise et tire. Des rafales d'eau de javel.

— Bravo, mon gars, t'as une sacrée détente !

Il est en train de finir d'essuyer quand Jade entre dans la chambre. Elle reste pétrifiée devant le spectacle.

— Attends, Sol, c'est toi qui as fait ça ?

Il se raidit. *À tous les coups, elle va m'engueuler d'avoir bougé le vieux*, pense-t-il.

Jade s'approche, pose ses mains sur les poignées du fauteuil roulant.

Qu'est-ce qu'elle voulait ? Que je le shampouine au détergent et que je lui frotte les fesses à la chiffonnette ? J'ai fait ce que j'ai pu, comme j'ai pu, elle a pas intérêt à me soûler, c'est complètement illégal qu'un mec en apprentissage gère un vioque couvert de merde.

Il répond, prêt à mordre :

— Ouais, c'est moi. Pourquoi ?

Elle sourit. Il n'avait jamais remarqué qu'elle avait les yeux verts.

— Tu t'en es super bien sorti ! C'est génial !

Il en reste soufflé.

— Prêt pour la douche, monsieur Gourdon ? Sol, tu termines la chambre pendant ce temps ?

Jade pousse le vieil homme dans les sanitaires et referme la porte. Sol fait la poussière, passe le balai, il entend l'eau couler à côté.

— Levez les bras... voilà... C'est bon, la température ?

— Ça va.

Sol refait le lit. Le vieux glousse derrière la porte.

— Si on m'avait dit que je me retrouverais sous la douche avec une petite gironde comme vous pour me savonner !

— Vous savez ce qu'elle vous dit, la gironde, monsieur Gourdon ? Soit vous cessez tout de suite vos réflexions déplacées, soit je demande à mon beau-frère de vous couper la langue !

Le vieux rigole. Jade ajoute d'une voix ferme :

— Je ne plaisante pas. Mon beau-frère, c'est votre chirurgien.

Cette fois, c'est Sol qui rigole. *Elle l'a bien cassé ! C'est vraiment un obsédé, 113.*

— Sol ! Tu peux venir désinfecter le fauteuil, s'il te plaît ?

Il désinfecte, l'aide à remettre le vieillard dans son lit et, pendant qu'elle l'habille, remplace son café froid par du chaud. Ensuite il file porter le sac de linge sale au sous-sol.

Quand il revient, l'aide-soignante l'attend à côté des charriots, avec ses yeux verts et son sourire d'Hollywood.

— Bon boulot, Sol, merci beaucoup pour ton aide !

C'est la deuxième fois en moins d'une heure qu'elle le félicite, ça ne lui est jamais arrivé depuis qu'il est aux Bleuets, alors il se relâche.

— De rien. J'ai vraiment cru que j'allais gerber, c'était dégueulasse !

Le sourire disparaît, les yeux s'assombrissent, mais il en remet une couche.

— Quel crade, ce vieux !

Jade ne le trouve plus génial, son regard métallique lui fait penser aux dents en acier du méchant dans un vieux James Bond. Elle serait capable de le bouffer si elle pouvait.

— J'ai cru que tu avais enfin compris, mais non, tu n'as rien percuté, en fait...

Elle lui attrape le bras et l'entraîne dans la réserve. Il se dégage en protestant :

— Oh ! Il se passe quoi, là ?

Elle est beaucoup plus petite que lui, pourtant il a l'impression qu'elle le dépasse. C'est sa colère. Elle est géante, sa colère.

Il essaie de la calmer :

— C'est bon, je retire, je te jure, je retire !

Et il ajoute tout de suite après, sans réfléchir, par pure provocation :

— C'est pas un crade, en fait... C'est un gros crade !

Il a lâché ça en rigolant, elle explose :

— J'en ai marre que tu ne respectes personne ! Et je ne suis pas la seule !

Elle parle à voix basse pour qu'on ne l'entende pas du couloir, mais ça lui fait le même effet que si elle hurlait.

— Moi je les aime, les résidents, figure-toi ! Ils sont fragiles, j'ai envie de les protéger, tu comprends ? Même quand ils se conduisent comme des gamins dans une cour de récré et qu'ils s'insultent au réfectoire parce que machin a pris la tranche de pain de machine. Même quand madame Pessin m'accuse de lui avoir volé son alliance alors qu'elle n'a jamais été mariée ou que monsieur Gourdon fait ses blagues pourries !

— OK, te mets pas dans cet état...

— Rien n'est facile pour eux, Sol. Ils avaient une vie, un travail, une famille, un animal de compagnie ! Ils ont dansé, dragué, fait l'amour, des enfants, des trucs sympas, d'autres moins, ils ont râlé à la queue des supermarchés, visité Venise, klaxonné dans les bouchons des vacances, lancé du riz sur des mariés, parce que avant, on lançait du riz pour symboliser la fertilité. Ils ont été fertiles en éclats de rire, de voix, de mauvaise humeur, de larmes, de joie, ils ont été jeunes comme toi et moi !

La minuterie s'éteint, elle la rallume rageusement, du plat de la main.

— Et un jour, on leur enlève tout pour les coller aux Bleuets et on leur dit « regarde, c'est sympa, il y a un jardin, il n'y a pas la place pour ta commode mais tu as vu ce soleil, c'est vraiment bien orienté, tu as de la chance ». On leur dit ça ! Qu'ils ont de la chance d'avoir du soleil dans leur chambre à l'EHPAD ! De la chance !

Sol ne sait plus quoi penser, c'est vrai que c'est naze, le coup du soleil.

— Alors, arrête, Sol ! Tu agaces tout le monde et moi, je ne te supporte plus !

Il ne dit rien, rallume la minuterie.

— Tu ne peux pas continuer à traiter les résidents comme des tas de boue, respecte-les ! Parce que quand tu parles d'eux comme ça, la merde, c'est toi !

Elle lui dit ça et elle sort.

Jade – 1 Sol – 0.

4

— Te revoilà ! s'exclame monsieur Gourdon. Tu ne peux plus te passer de moi, ou quoi ?

— J'ai pas fini les sanitaires…

Sol est encore sonné, Jade l'a mis K.-O. Tout ce qu'elle lui a dit est resté bloqué en travers de sa gorge, ça l'étrangle, il oublie de regarder par terre.

Le calendrier punaisé à côté de la porte des toilettes date de l'année 1986. Il y a un encart publicitaire au-dessus de la photo : « SPRM – Société de Fournitures Automobiles et Industrielles – Poitiers ». En 1986, la SP machin chose offrait un calendrier érotique comme cadeau de fidélité à ses clients pour la nouvelle année… *Ça craint*, pense Sol. Il jette un œil sur la photo.

— Elle est roulée, la petite, hein ?

Sol est fatigué, pourquoi le vieux n'arrête-t-il jamais de parler ? Si elle avait vingt ans en 1986, la fille de la photo doit approcher de l'âge de la retraite, maintenant.

— T'as vu la paire qu'elle a ?

Sol n'a jamais embrassé une fille. Ni un garçon d'ailleurs. Tous les jeunes autour de lui l'ont déjà fait. Certains sont même allés plus loin.

— Bah dis donc, elle t'intéresse drôlement !

Il n'a jamais eu envie de tenter l'expérience. Tatepa dit que ça viendra, qu'il est bloqué, mais que ça viendra. Qu'un jour il rencontrera quelqu'un. Il y croit. Pas Sol.

— Je regarde le cheval...

— Quoi ?

Le vieux ne comprend pas.

— Je regarde le cheval sous la fille, pas la fille sur le cheval.

— Qu'est-ce que tu racontes ? À ton âge, on reluque les demoiselles, pas les canassons ! Tu ne la trouves pas mignonne ?

— C'est le cheval que je trouve beau.

Le vieil homme se tait enfin, dépassé par ce grand baraqué aux yeux de faon qui pourrait séduire n'importe quelle souris s'il le voulait.

Sol repense à ce qu'a dit Jade. Lui n'aime pas les vieux et n'a aucune envie de les protéger, mais elle a raison, même si ça lui fait mal de le reconnaître, il se conduit comme une merde par moments.

— Je vais nettoyer les sanitaires.

— Passe-moi la télécommande, s'il te plaît.

— Tenez.

— Merci. Au fait, tu peux m'appeler Émile.

— …

— Et toi, c'est quoi ton nom ?

— Sol.

— Comme le poisson ?

— Non, comme Solomon Burke, le chanteur de gospel.

— Jamais entendu parler.

— C'est mon père, il est fan…

— Tu viens voir le cheval quand tu veux, Solomon. Si tu as un petit coup de mou entre deux croulants ou que t'en as marre de ta serpillière, tu n'hésites pas.

— Merci.

Le vieil homme allume la télé. L'animatrice de *Téléshopping* présente un soutien-gorge révolutionnaire sans armature ni couture. Il frétille sur son lit.

Irrécupérable ! pense Sol.

Il réprime un sourire et se concentre sur sa lavette.

Pendant le déjeuner, l'atmosphère est tendue entre Jade et lui. Les filles des équipes rose et jaune papotent en avalant leurs casse-croûte. Personne ne remarque que la guerre est déclarée et que la salle du personnel pue la rancune et la culpabilité. Jade fusille Sol du regard, il ne sait plus où poser le sien. Si elle avait un lance-flammes dans les mains, elle le cramerait sur-le-champ en poussant des hurlements barbares. Il aimerait disparaître sous une cape d'invisibilité. Peu à peu les autres retournent à leur poste, il ne reste qu'eux, face à face, de chaque côté de la table. Ils ont encore cinq minutes de pause.

Du bout de l'index, Sol rassemble des miettes sur la toile cirée.

— Écoute, Jade...

Elle lui lance une œillade massacre à la tronçonneuse. Il bafouille :

— Je... je m'excuse pour mon comportement. J'ai été nul, je ne parlerai plus des vi... résidents comme ça.

Voilà, il ne peut pas mieux faire.

Il baisse les yeux, pitoyable.

— Arrête de prendre cet air de chaton privé de croquettes ! lance Jade. C'est toi le monstre, pas moi.

Il lui coule un regard. Elle ne va pas jusqu'à sourire, mais ses épaules se détendent. Il ignore si la guerre est terminée, mais il a droit à une trêve, c'est déjà ça.

Il racle son pot de yaourt.

— Il est vraiment chirurgien, ton beau-frère ?

— Non, chauffagiste.

Elle croque dans sa pomme, il va chercher l'éponge, essuie la table.

— Monsieur Gourdon, dans la 113… il s'appelle Émile.

Elle lève un regard étonné.

— Oui, comment tu le sais ?

— C'est lui qui me l'a dit.

5

16 h 30. Sol traverse le hall des Bleuets. Les banquettes en skaï abricot affichent complet. Il ne comprend pas pourquoi les résidents s'entassent là tous les après-midi, les prunelles rivées sur la porte d'entrée. À chaque fois, il a l'impression d'être un geôlier libre d'aller et venir devant des otages désespérés.

Il a la main sur la poignée quand il sent les yeux de Connasse lui cramer le dos. Il se retourne brusquement et lui lance un regard cannibale-qui-surgit-tout-nu-de-sa-brousse-pour-la-dévorer. La tête qu'elle fait ! Elle s'imagine vraiment qu'il veut la bouffer.

Il met ses écouteurs. Le rap court dans ses veines, il oublie déjà les vieux, l'odeur des vieux, le corps des vieux, leur esprit à la dérive et leur souffle rétréci, la musique le rend à la vie.

Dehors, la rue klaxonne, ronfle, claque, bourdonne. Il sent ses vibrations, inspire, expire à fond, s'oblige à respirer. Il ne prend pas le bus. Marcher lui permet de débloquer les petits verrous dans sa tête, libérer des courants d'air, aérer le buisson d'orage.

Le centre équestre du Cône est à la sortie de la ville, en lisière de forêt. Il arrive cinq minutes avant le premier cours, celui où les chevaux trottent en rond, la tête un peu basse, la croupe lasse, les oreilles agacées par la voix des moniteurs. Sol préfère la symphonie des sabots qui s'emballent, les jarrets déployés, les souffles puissants, les envolées en quatre temps. Quand il écoute le son d'un galop, rond, souple, limpide, l'espace lui semble infini, il part en voyage et la vie le prend à bras-le-corps.

Il traverse le parking au milieu des arbres, une voiture démarre, ses pneus dérapent dans les cailloux. Il attend qu'elle disparaisse, prend son élan, un, deux, trois, il n'est plus là… il grimpe dans sa planque d'été, un immense tilleul. Il a des années de pratique, ça ne lui prend que quelques secondes. Il escalade le tronc entre les grappes de fleurs jaunes et les éventails de feuilles vertes jusqu'à une branche plus longue que les autres, et plus large. De là, il surplombe la carrière du centre équestre. Il l'enfourche et déroule les cordes où sont attachés ses étriers. Il éteint la musique sur son smartphone, glisse ses écouteurs dans sa poche, voilà, il est prêt.

L'hiver et les jours de pluie, les cavaliers montent dans le manège couvert, alors Sol migre dans un autre arbre plus proche. Un chêne. Quand il perd ses feuilles et que les branches se dénudent, c'est moins discret. Heureusement, dès novembre le jour s'éteint à 17 heures, le tronc le dissimule à ceux qui pourraient le voir du parking et, côté écuries, les gens ne lèvent jamais les yeux. Et puis, la nuit, un garçon noir à califourchon dans l'ombre d'un tronc, c'est l'homme invisible.

Jade dirait que le petit dieu des cavaliers clandestins s'est attaché à lui et le protège, personne ne l'a jamais découvert. Et même si ça arrivait, que lui reprocherait-on ? De jouer à Robinson Crusoé ? Il ne fait rien d'illégal. Ça lui a pris gamin, l'envie de grimper dans ces arbres, et ça ne l'a plus lâché. Il ne se dit pas que c'est ridicule à son âge. Il ne trouve pas ça plus absurde que faire un selfie avec Mickey à Disneyland ou se déhancher sur TikTok en string dans la neige, il assume. De toute façon personne à part Tatepa n'est au courant et il ne peut pas faire autrement. C'est sa drogue, son carburant, il est accro et dépendant.

Sans ces heures sur son perchoir, Sol aurait perdu pied et serait arrivé au bout du bout de ce qu'il pouvait supporter. Il s'en fout de ce qu'on pourrait penser si on l'apercevait, c'est ça ou il déborde, c'est ça ou il crève. Depuis bientôt sept ans, quatre fois par semaine, Sol prend des cours d'équitation, à cheval sur une branche.

Il écarte un rameau qui lui cache la vue, les chevaux entrent dans la carrière, tenus en bride par leurs cavaliers. Son préféré, c'est Aquarium, un hongre à la robe bai foncé. Plus très jeune. Les vieux chevaux ne le dérangent pas, ils ne sont pas flasques et ridés comme les vieilles personnes, ils n'ont pas le regard éteint. Sol glisse ses pieds dans ses étriers, Aquarium se dédouble, sous ses fesses la branche devient cheval.

La voix de la coach résonne.

— Allez, on y va… au pas…

Les chevaux se mettent en mouvement, son corps aussi.

— Et on passe au trot…

Il aime bien le rythme du trot, ça réveille. Pour éviter les secousses et reposer le dos de leur monture, les cavaliers se soulèvent en cadence en poussant sur leurs étriers. À chaque fois, le crâne de Sol touche le feuillage et il se sent exister. Il se retrouve, se rassemble, se ressemble. C'est ce qu'il veut être, un garçon sur un cheval. Dans son arbre, il arrive à y croire.

La voix de la monitrice :

— Bon Dieu, Tristan !

Tristan, c'est l'ado qui monte Aquarium. Il n'arrive pas à trouver le tempo, ses pieds se baladent dans les étriers, ses fesses sur la selle, ses doigts sont trop crispés sur les rênes, son cheval ne sait plus où donner du trot.

— Tu as de l'arthrose ou quoi ? Trot enlevé, tu te rappelles ? En-le-vé ! Relève tes pointes de pieds, redresse les épaules, montre-nous tes pectoraux, ne casse pas tes poignets et écarte tes cuisses !

La coach d'équitation s'appelle Gaëlle. Elle conseille bien et braille beaucoup. Sol la trouve extra, elle lui fait penser à une écorce.

— C'est dingue d'être raide à ce point, on dirait un Playmobil ! Accompagne ton cheval au lieu de le subir. Avance tes mains, plie tes coudes et REGARDE OÙ TU VAS !

Sol capte l'allure d'Aquarium, une, deux, une, deux, sa langue bat le tempo, claque contre ses dents, il enlève son trot.

Gaëlle a la voix d'une goule enragée, elle est rugueuse au-dehors mais douce à l'intérieur. Sa main sur le nez d'un cheval est plus légère qu'un pétale.

— Tu fais un détour pour aller acheter ton pain, Marion, ou tu comptes tourner plus court ?

— C'est pas moi, c'est Solstice qui…

— « Gningningnin, c'est Solstice qui… » Le pauvre, il ne risque pas de savoir où aller avec des rênes aussi lâches !

Sur une jument pommelée, une adolescente s'esclaffe bruyamment. Elle ressemble à un mannequin de mode équestre et talonne sa monture tous les dix mètres, Sol ne peut pas la sentir. Gaëlle non plus.

— Au lieu de ricaner, Anne-Flore, cesse de danser la salsa sur cette pauvre jument, redresse-toi, serre les omoplates et sors tes œufs au plat !

La jeune fille se raidit, Sol donnerait n'importe quoi pour voir son visage sous sa bombe.

Gaëlle ne lâche pas l'affaire :

— Allez, bouge-toi ! Bassin dans l'axe des coudes, je veux te voir cirer la selle avec tes fesses.

Anne-Flore proteste :

— J'en ai marre, je ne voulais pas monter Pearl, elle est nulle…

— C'est toi qui es nulle, braille Gaëlle. Quand j'avais ton âge, on galopait sur des chevaux à peine débourrés, sans étriers, avec un manche à balai dans le dos. On ne chouinait pas dès qu'on se cassait la gueule et, à la moindre erreur, on était bons pour se taper dix fois le tour de la carrière à cru, même par moins quinze degrés.

Sol se mord les lèvres pour empêcher le rire de fuser. Elle est unique, Gaëlle, il en a les larmes aux yeux. Elle le lave de la tristesse des vieux. En bas, dans la carrière, Tristan se fend la poire, on dirait qu'il hennit.

La coach ne le rate pas :

— Je serais toi, je ne ferais pas le malin, Tristan. Concentre-toi, on dirait que tu as le derrière dans une brouette ! C'est pas compliqué, serre tes jambes comme si tu voulais sortir le dentifrice de son tube !

Exaspérée, elle secoue son chignon qui finit toujours par s'écrouler au milieu du cours.

Tristan s'applique au maximum, mais pas moyen, c'est un sac de noix, ce gars. Ses mollets battent les flancs d'Aquarium, le cheval croit à un appel des jambes et change d'allure.

— D'où tu décides de passer Aquarium au galop ? s'énerve Gaëlle.

— J'ai pas fait exprès ! Je sais pas comment l'arrêter...

— Assouplis ton assiette, ne te penche pas en avant !

L'ado panique et Sol part en plein trip. Il est sur le dos d'Aquarium. Il ferme les yeux, écoute le son des sabots sur le sable et, soudain, il n'y a plus d'horizontalité autour de lui, plus de verticalité, seulement une longue ondulation. Il plane d'une vague à une autre, c'est une sensation absolument magique. Il capte des parfums de liberté. Frais, enivrants. Il est un prince, un roi sur sa monture, il triomphe, brave l'apesanteur, devient cheval.

— Baisse les bras, Tristan, t'es pas sur le *Titanic*, bon Dieu !

La chorale des moineaux l'accompagne, Sol se sent à sa place, en harmonie avec le monde, il n'y a plus de buisson dans sa tête, plus d'orage, ni épines ni nuage.

— Aquarium, au trot !

Tristan redevient sac de noix.

— Allez, tout le monde au pas, on félicite son cheval et on met pied à terre.

Sol a touché les étoiles. Il vient de vivre un mirage.

6

Sol enroule ses étriers autour de la branche, descend le long du tronc et saute du tilleul. Fin des cours, la carrière est déserte, les chevaux sont rentrés dans leurs box. L'esprit encore empli du chant des sabots, il sort du parking. Si Melvin le croisait à cet instant, il pourrait l'enlacer et lui chuchoter : « C'est fini mon chéri, n'aie pas peur, pose ta tête au creux de mon épaule, je suis là », mais il ne sait rien de ses échappées.

Sol longe la haie, les yeux fixés sur les écuries. Il n'a jamais osé s'y aventurer, pour lui c'est un sanctuaire, il n'y a pas sa place, d'ailleurs il n'a jamais vu de Noir ici. Il consulte son téléphone. Son pote lui a laissé une dizaine de textos, il les parcourt brièvement, répond juste :

J'arrive

Iris, la mère de Tatepa, a rencontré son premier amour à seize ans. Lui en avait trois de plus, portait des chemises cintrées et l'invitait au restaurant. Elle a cru qu'il était prince charmant, qu'ils vivraient heureux et auraient beaucoup d'enfants. Mais quand une petite graine s'est subrepticement embryonnée dans son ventre et qu'Iris lui a annoncé la bonne nouvelle, le beau gosse a révélé sa vraie nature de BI (bouse immature) et, *ciao bella e bambino !* a disparu sans laisser d'adresse. Il était napolitain et s'appelait Giacomo, c'est tout ce que Tatepa sait de lui. Cinq ans plus tard, Iris a définitivement tiré un trait sur BI en épousant PQ, le routier biker, et Tatepa a enfin eu un père.

Quand Sol a arrêté de parler et Melvin de sourire, ils ont été là, tous les trois. Iris avec ses bons petits plats recouverts de papier alu : « Je vous ai apporté des restes de poulet aux olives/paëlla/gratin dauphinois, on ne va pas les jeter, quand même ! » ; PQ avec sa bonne humeur et ses talents de bricoleur : « Salut Melvin, je viens t'aider à repeindre ta cuisine/réparer la fuite sous l'évier/monter le nouveau lit de Sol » ; et Tatepa avec ses cascades de rires, ses idées de bêtises : « Cap' de boucher les serrures des boîtes aux lettres avec des crottes de nez ? », et ses plans d'avenir :

— Moi, je m'en fous d'être riche. Plus tard, tout ce que je veux, c'est une moto.

— …

— Quand je serai sur ma moto, j'aurai le million, je serai perché, je serai le roi !

— …

— Le roi du bitume, tiens !

— …

— Et toi, c'est quoi ton rêve ?

— …

— Hein, c'est quoi ton rêve, Sol ?

— Un jour… un jour, j'aurai un cheval.

C'était la première fois que le garçon sortait du silence depuis douze mois.

Pour rentrer des écuries, Sol coupe par les petites rues du Plateau, un quartier paisible où la nature s'épanouit autour des villas. Certaines maisons sont tellement vastes que son appartement pourrait tenir dans leur salon. Sa préférée ressemble à un château, avec une petite tour qui donne sur la rue. Dans le jardin, il y a un paon turquoise, fan d'accrobranche, toujours perché dans les arbres. Chaque fois qu'il passe devant le portail, Sol glisse un œil dans un interstice pour observer l'oiseau. Il pensait que le paon était un stupide volatile terrestre au look de danseuse du Crazy Horse, puis il a découvert les ailes immenses. Quand l'oiseau les ouvre et qu'il s'envole, on dirait le paradis qui se déploie.

— Eh ! Toi ! Qu'est-ce que tu espionnes ?

Sol sursaute. Tourne la tête dans tous les sens. Il y a une fille sur un vélo à l'autre bout de la rue, un gros chien trottine à ses côtés. Mais à moins d'avoir un mégaphone greffé dans la bouche, il ne voit pas comment elle pourrait se faire entendre à cette distance.

— Allez, ouste ! Tu n'as rien à faire là !

Il se retourne brusquement. Sur le balcon de la maison d'en face, une femme entre deux âges le toise d'un œil féroce. La mèche qui lui barre le front lui donne un air de cyclope décoloré. Sol reconnaît son regard, c'est le même que celui de Connasse.

En général, son premier réflexe est de s'éclipser sans demander son reste. Mais cette rombière avec son ton de roquet qui pue de la gueule lui aiguise les nerfs. Alors il lui dit « bonjour ! » comme ça, tout simplement, juste pour lui rabattre son caquet.

Elle ouvre la bouche, la referme, la rouvre. Il s'apprête à lui conseiller de respirer par le nez sinon elle risque d'hyperventiler, mais elle se ressaisit :

— Je t'ai dit de ficher le camp, tu es sourd ?

Sol fronce les sourcils, sa mâchoire se contracte. L'autre se penche au-dessus de lui, le chasse en agitant ses mains.

— File ou j'appelle la police !

Une bouffée de haine envahit le garçon. Il imagine qu'un sabre se matérialise soudain entre ses doigts, qu'il se propulse d'un bond au niveau du balcon et qu'il embroche cette folle comme une vulgaire poularde de Bresse.

Ses fantasmes de samouraï sanguinaire sont stoppés net par une autre voix. Beaucoup plus mélodieuse, celle-là.

— Hey, salut ! Ça fait longtemps que tu m'attends ?

L'ex-future embrochée écarquille les yeux et sa mâchoire tombe tellement bas que Sol se demande si elle ne va pas se décrocher. Il se retourne au ralenti, à peu près dans le même état. Devant lui, la fille descend de son vélo, lui adresse un sourire éblouissant et continue à papoter comme s'ils se connaissaient.

— Désolée pour le retard, Pongo a posé des étrons monstrueux tous les trois mètres, le temps que je les ramasse…

Elle tape un code sur le boîtier du portail du château tandis que le Pongo en question arrose copieusement le mur de la voisine. Puis il se prend soudain de passion pour Sol et flaire son entrejambe avec l'ivresse d'un anosmique miraculé découvrant le fumet de la pizza quatre fromages après trente ans de néant olfactif.

— Il t'adore !

Le portail coulisse, la fille pousse son vélo à l'intérieur, ressort, lève les yeux en direction de la femme statufiée sur son balcon :

— Comment vont vos varices, madame Bertrand ? Je vois que vous avez fait la connaissance de mon petit ami ! À bientôt, alors.

Elle attrape le bras de Sol.

— Tu viens, Poussin ?

Et elle l'entraîne à l'intérieur de sa cour. Il la suit mécaniquement, le Pongo collé au train. Le portail se referme sur eux, Sol n'a rien compris, c'est la deuxième fois qu'il se fait embarquer par une fille, aujourd'hui. Sauf que celle-ci n'a rien à voir avec Jade, elle est miraculeusement… incroyable. Tout ce qu'il trouve à dire, c'est :

— Poussin ?

Elle explose de rire sans lui lâcher le bras, son chien bondit autour d'eux en remuant la queue et Sol oublie qu'il n'est pas tactile. Elle est complètement fêlée mais elle dégage quelque chose d'assez… troublant ? Euphorisant ? Magnétique ? Irrésistible ? C'est beau, cette voie lactée sur son visage…

— Excuse, mais avoue que c'était bien trouvé. Tu as vu la tête de la mère Bertrand ? On aurait dit qu'elle avait avalé un oursin ! Elle doit être en train de téléphoner à tous les voisins pour leur raconter que notre quartier paisible est envahi par des hordes de Zoulous et va devenir une annexe de l'Afrique s'ils ne font rien !

Elle est tornade, tourbillon, parle fort, d'une voix un peu rauque, Sol ne la lâche pas des yeux.

— Tu aurais vu sa réaction quand on est arrivés ici ! Mon père, ça va, il est couleur locale, plus blanc que blanc, mais en nous voyant, ma mère et moi, elle a frisé l'attaque.

— Ta mère ? parvient-il à articuler.

— Née à Rio, aussi noire qu'une Brésilienne issue de parents noirs. Cette pouffe de Bertrand ne s'en est pas encore remise. Au bout de sept ans, elle nous appelle encore les négresses, tu te rends compte ?

Sol hoche la tête, bouche bée.

— Je rêve de la démembrer à coups de hache et de plastiquer sa baraque, elle a de la chance que je sois non violente. Le coup du fiancé noir, ça va l'achever !

Sol réalise que le fiancé noir, c'est lui. Il fixe la fille avec des yeux roues de charrette. Elle continue sur sa lancée :

— Non, mais je sais qu'il y a pire que cette conne et que dans dix milliards d'années, quand le soleil explosera et que la Terre se pulvérisera, ça paraîtra bien futile, tout ça…

Elle s'interrompt, rigole :

— Tu dois me prendre pour une folle.

— Non, non !

Bluffant de sobriété, comme réponse. En même temps il n'allait pas dire : « Pas du tout, au contraire, moi aussi j'ai envie d'arracher les bras de ta voisine. Et puis j'adore l'idée d'être ton Poussin, de plonger mes doigts dans la soie de tes cheveux, mon regard dans l'or de tes yeux. Attention, ne te fais pas d'illusion, je ne suis pas du genre à craquer pour la première venue. Ni pour la dernière arrivée, d'ailleurs. Les filles et moi, c'est comme les mouches et la tapette, les dents et la craie, le clou et le pneu, les psychorigides et les films porno, en un mot : incompatible. Tu n'es pas responsable, ça vient de loin : un traumatisme d'enfance qui va faire de mon existence un modèle d'abstinence sentimentale et charnelle dont s'inspireront un jour les moines de l'ordre de saint Solomon le puceau. Je ne peux même pas prétexter une motivation spirituelle puisque je n'ai aucune conviction religieuse. Mais ce qui est sûr, c'est que je ne veux surtout pas tomber dans le piège de l'amour. Tu sais, ce truc où on rencontre quelqu'un qu'on trouve troublant, euphorisant, magnétique, voire irrésistible, et où tout s'achève par une séparation brutale et destructrice qui pulvérise la foi en l'existence, assèche l'âme et transforme les êtres en nuages d'orage... »

Il ne risquait pas de lui sortir cette tirade puisqu'il ne la formule pas encore dans sa tête. Mais quand ses pensées ressembleront à autre chose qu'à un déluge sur le Sahara, pas tout de suite, bien plus tard, c'est exactement ce qu'il se dira.

Elle secoue sa crinière, et il trouve ça hyper... hyper... Elle n'a pas lâché son bras.

— Je m'appelle Mélissa, et toi ?

Elle a des cils tellement longs qu'ils font de l'ombre sur ses joues.

— Moi ? Ben, heu... Poussin !

Elle rit. Elle a une bouche faite pour rire.

— Quand j'ai entendu la mère Bertrand te menacer d'appeler la police, je n'ai pas résisté.

— Pas résisté à m'appeler Poussin et à me faire entrer chez toi alors que je suis peut-être un dangereux psychopathe ?

Elle rit encore. Il adore son rire. Éclatant, avec plein de dents blanches et des lèvres autour. Des lèvres...

Elle enlève sa main de son bras, il aurait aimé qu'elle la laisse encore, et ça le sidère de songer à quelque chose d'aussi improbable. Elle le dévisage intensément, il ne voit que ses yeux, bruns pailletés d'ambre.

— Dangereux... non. Psychopathe, je ne pense pas.

Et elle ajoute, comme s'il n'y avait rien de plus naturel :

— Ça fait un moment que je t'observe, ta seule obsession, c'est Sergio.

— Sergio ?

— Mon paon. Je l'ai appelé comme ça à cause de Sergio Leone.

— *Le Bon, la Brute et le Truand*, les westerns spaghetti ?

— C'est ça !

— Le rapport avec ton paon ?

— Quand il crie, il fait « Léon ! »

— Ah oui ! Léon-Léone-Sergio... Malin !

Mélissa re-re-sourit. Elle a des fossettes au creux des joues qui lui donnent l'air de s'amuser entre parenthèses.

— Alors comme ça, tu m'espionnes ? demande-t-il, l'air de rien.

Elle lui adresse un clin d'œil.

— Tu passes devant chez nous quatre soirs par semaine entre 19 h 40 et 19 h 50. Tu regardes Sergio à travers le portail, et tu repars. Intrigant...

Il lève les yeux et scrute le mur pour trouver une caméra de surveillance.

— Cherche pas, Sherlock !

Elle pointe une fenêtre au deuxième étage de la tour.

— Je te mate depuis mon pigeonnier ! Tu es quelqu'un de très mystérieux.

Il ne sait pas pourquoi, mais ça lui fait quelque chose qu'elle l'ait épié à son insu. Quelque chose de plutôt agréable. Il est sidéré. Cette fille le prend quasiment en otage, entre en lui par effraction, et il la laisse faire.

Une femme apparaît à une fenêtre du rez-de-chaussée.

— Eunice, ma mère, la présente Mélissa.

— Mélissa ! Poulquoi tou ne fais pas entler ton ami dans la maison ?

De longues boucles cuivrées encadrent son visage et son sourire rayonne comme… comme un soleil ! C'est très basique, cette comparaison, mais Sol n'a rien trouvé de mieux. Cette femme est un soleil, sa fille aussi. Il lui arrive beaucoup trop de choses depuis vingt minutes, il se sent complètement dépassé.

Il tente un sourire, bafouille :

— Heu… bonjour, madame.

— Tu t'appelles comment ?

— Poussin ! s'amuse Mélissa.

— C'est joli, Poussin, déclare Eunice le plus sérieusement du monde.

Une main en visière sur son front, elle examine Sol avec attention.

— Ça te va bien ! Tu as oune air de pétite oiseau.

Mélissa pouffe, il balance ses 1,92 m d'un pied sur l'autre.

— Tu manges avec nous ? Le père de Mélissa va aliver, j'ai fait la salade de tomates basilic avec glatin de coulgettes et poulet aux noix de pécan, tu veux ?

S'il veut ? Mais... bien sûr qu'il veut ! Même s'il trouve surréaliste de se retrouver chez une fille qu'il ne connaissait pas il y a moins d'une heure et d'être accueilli par sa mère comme un fils prodigue. Bien sûr qu'il veut ! Même si ce n'est pas du tout son genre d'aller dîner dans un château avec de parfaits inconnus, mais alors pas du tout, vu qu'il est asocial et qu'à part la famille de Tatepa, il ne fréquente absolument personne. Bien sûr qu'il veut ! Même qu'il serait prêt à accepter sur-le-champ, enfin, non, il n'est pas prêt, pas du tout prêt ! C'est dingue, cette histoire, il lui arrive quoi, là ?

— Merci, c'est très gentil, parvient-il à articuler sans bafouiller, mais j'ai promis à un ami d'assister à son... spectacle.

Les mêmes fossettes que celles de sa fille creusent les joues d'Eunice.

— C'est pas glave ! Mélissa va t'inviter un joul où tu selas libre, et puis voilà !

Il approuve de la tête, éberlué.

— *Te vejo logo*, Poussin !

Elle agite gracieusement la main et referme la fenêtre.

Ils restent tous les deux face à face, un peu embarrassés soudain, avec le chien qui frétille de la queue entre eux.

— J'y vais, alors… dit Sol.

— Heu… oui.

Mélissa appuie sur un bouton, le portail coulisse.

— Bon ben, salut !

Un petit signe du menton et Sol s'échappe, se sauve presque.

— Eh, mais attends !

Elle court derrière lui, le rattrape, plante ses yeux dans les siens.

— Comment tu veux que je t'invite si je n'ai pas ton numéro ?

Elle lui demande son 07. Elle lui demande son 07 ? Elle lui demande son 07 ! Il le lui donne.

— Super ! Attends, je t'appelle, comme ça tu auras le mien.

Son portable vibre dans sa poche. Il vérifie.

— C’est bon !

Elle sourit.

Ce qu’il préfère dans son visage, c’est la minuscule étoile blanche sur sa tempe gauche.

Mais il aime aussi les constellations sur son front.

La galaxie sous son menton.

La comète qui illumine sa joue droite…

— À bientôt, mystérieux Poussin, heureuse d’avoir enfin fait ta connaissance !

— Oui… moi aussi, au revoir !

Il sent son regard l’accompagner et attend d’avoir tourné au coin de la rue pour enregistrer son numéro. Il tape « Soleille », au féminin. Ses lèvres s’étirent, ses yeux pétillent. C’est aussi gnangnan que Poussin mais il aime bien.

Il ne se reconnaît pas. Il a passé le portail de cette maison qu’il observe depuis des années et il est incapable de dire à quoi elle ressemblait vue de près, ni de se souvenir sur quel arbre le paon était perché aujourd’hui. La seule chose qu’il a vue, c’est cette fille avec son visage univers et son sourire astre.

Il éprouve la sensation d’avoir vécu le deuxième mirage de sa journée.

7

— Qu'est-ce que tu foutais ? J'ai cru que tu t'étais fait choper, qu'ils avaient tronçonné ta branche avec toi dessus et que tu t'étais explosé le crâne en tombant ! J'ai failli envoyer le SAMU aux écuries !

Tatepa et son sens de la mesure.

— C'est quoi, cet air ? Me dis pas que t'es encore tombé amoureux d'un cheval !

Tatepa et son sens de l'observation.

— D'habitude, quand tu kiffes un bourrin, t'es plus planant, genre t'as fumé…

Il se penche et scrute le visage de Sol.

— Là, t'as les yeux qui frisottent.

Sol sourit en haussant un sourcil.

— Qui frisottent ?

— Ouais ! Tu sais, comme les machins qu'on fait boucler avec des ciseaux et qu'on met sur les cadeaux… qui frisottent, quoi !

— …

— T'as croisé Natalie Portman en body dentelle ?

125YZ est la prunelle de ses yeux, Natalie Portman la cornée. Il a téléchargé tous ses films, connaît certaines de ses répliques par cœur et quand on lui dit qu'elle pourrait être sa mère, il rétorque : « Un ange n'a pas d'âge. »

Sol ne répond pas et baisse son regard bolduc.

— Attends… t'as rencontré une fille !

Tatepa et son sens de la déduction.

— Elle est comment ?

— …

— À ce point ?

— Y a pas de mot.

— Elle t'a touché ?

— Le bras.

— Et ?

— C'était cool.

Il n'y a que Tatepa qui peut comprendre ce que représente la main d'une fille sur le bras de Sol et qui ne pose pas de questions idiotes comme « elle est bonne ? ». Il n'y a qu'à lui que Sol pouvait répondre « y a pas de mot ». Il n'y a que Tatepa qui puisse se permettre d'entourer les épaules de son pote pour le serrer contre sa poitrine sans qu'il se transforme en parpaing piégé.

— Mais c'est juste comme ça, hein ! Rien de… enfin, il n'y a rien eu… bredouille Sol.

Tatepa n'insiste pas. Ne pas forcer, laisser le temps au renard casanier de sortir de son terrier.

Derrière eux, sur le parking du centre commercial, des moteurs pétaradent.

— T'entends ?

— J'entends. C'est chaud bouillant !

— On a installé les nouvelles rampes sur des camions, ça va voler haut, mais très, très haut, tu vas voir.

Tatepa enfourche sa moto et tend son casque à Sol.

— Tu me le gardes ?

— Je veillerai dessus comme Allah sur le petit Jésus.

Son pote se marre.

— Tu vas voir le show de ta vie, Roméo !

Dans le quartier, la moto est une culture. Les grands apprennent aux petits, les emmènent faire des tours. La passion se transmet de génération en génération. Tatepa a commencé sur un vélo BMX à sept ans, trois ans plus tard, il roulait sur des 70CR, des bécanes flinguées que lui prêtaient les ados. Sans casque, parce que ça tient trop chaud et qu'on ne sent pas le vent dans les cheveux.

— Ddddddd ! Écoute ça ! Le bruit, il est magnifique !

Tatepa accélère, lève sa roue avant. Commence son manège à lui.

— Ddddddd ! La mélodiiiiie ! C'est trop beau !

Le parking ressemble à une gigantesque arène, les motos rugissent, prêtes à bondir. Les riders de la Reyssouze sont arrivés avec leur champion, Marwan, sur sa Kawasaki noire.

Ils se positionnent chacun à un bout du parking. Ceux du Pont-des-Chèvres côté nord, ceux de la Reyssouze, côté sud. Au centre, les deux camions tremplins. Le ciel se poudre de rose et d'or, l'air est doux. Là-bas au fond, derrière Brico Dépôt, des roseaux bordent un ruisseau. Si on plisse les yeux, on distingue une famille de canards qui nagent à la queue leu leu, la mère devant, ses petits derrière.

Les moteurs ronflent, les riders démarrent les uns à la suite des autres et foncent en direction de leur rampe. C'est à celui qui jouera la meilleure symphonie, effectuera la figure la plus difficile, le plus vite possible. *Tu survis ou tu meurs*, c'est leur credo.

Les motos poussées à fond rugissent, les fauves sont lâchés. L'adrénaline monte, la vitesse aussi, ils accélèrent, sans limites, sans calcul, à corps perdu, le cœur en liesse, crinière au vent.

Dans un vacarme infernal, les sauts s'enchaînent. Les vibrations font trembler les cuisses, les mains empoignent les guidons, les pneus brûlent l'asphalte, les engins s'engagent plein pot sur les tremplins et les gars décollent.

C'est au tour de Tatepa. De l'autre côté du parking, Marwan ne le lâche pas du regard. Duel de champions. Ils chauffent leur gomme et jaillissent, ninja bleu contre ninja noir. Leurs bolides poussent des hurlements suraigus, explosent leurs compteurs et s'élancent en même temps sur les rampes. Les doigts crispés sur le casque de Tatepa, le visage en feu, Sol sue toute l'eau de son corps.

125YZ s'arrache de la rampe, défie les lois de la pesanteur. Les mains sur le guidon, Tatepa propulse ses jambes derrière lui, son corps se soulève, s'aligne parallèlement à la moto, comme emporté par la vitesse, un ruban dans le vent.

Les autres deviennent dingues, reconnaissent la figure. « SUPERMAN ! SUPERMAN ! » hurlent-ils en le sacrant super-héros. Mais ça ne lui suffit pas. Il se réceptionne à genoux sur sa selle, fait glisser ses mollets sur les flancs de l'engin, décrit un large cercle autour du camion, accélère, reprend la rampe, redécolle. Fulgurance. Ses jambes se tendent de nouveau derrière lui, puis il lâche le guidon, bras collés le long du corps, deux ailerons supersoniques. Il vole. Dix centimètres au-dessous de lui, 125YZ vole aussi.

Subjugués, les riders ont arrêté leurs moteurs. On n'entend plus un bruit, pas même un crissement de pneu, seule rugit la symphonie de la Yamaha bleue. Ça ne dure qu'une seconde mais le temps semble s'étirer. Les cœurs se figent, les souffles se font courts, c'est du grand art, de la haute voltige.

Tatepa reprend le contrôle de l'engin, atterrit souplement, glisse sur l'asphalte en dérapage contrôlé et s'arrête enfin. Silence. Tous les regards sont braqués sur lui. Soudain il lève ses poings vers le ciel, renverse son visage et un cri jaillit de sa bouche grande ouverte. Immense, puissant, victorieux. D'une seule voix, les moteurs lui répondent pour saluer son exploit.

Sol se précipite. Son champion a le visage rougi par la vitesse et l'effort, les yeux fous, les cheveux trempés, il exulte.

— Alors ? Qu'est-ce que tu dis ? Alors ?

— Alors, t'es un dieu !

— T'as vu ? Le vol de l'ange ! Le truc de malade ! Six mois que je m'entraîne ! Avoue que c'était grand !

— Géant ! C'était géant ! J'ai fait au moins trois arrêts cardiaques, j'en peux plus, tu m'as tué !

Ils tombent dans les bras l'un de l'autre.

— Eh, Tatepa ! Bravo ! C'était fort, vraiment !

Marwan le checke en souriant. C'est à peine si on a remarqué son trick, tous les regards étaient rivés sur son adversaire, mais il s'incline, fair-play. Aujourd'hui Tatepa est roi, une autre fois ce sera lui, c'est le jeu.

Il désigne sa moto.

— Elle t'attend pour le tour d'honneur.

— Je… tu… sérieux ?

Tatepa bafouille. Entre le Pont-des-Chèvres et la Reyssouze, c'est toujours plus ou moins tendu. Les embrouilles naissent de rien, d'une casquette volée, d'un regard mal placé, ça peut durer des mois. La moto de Marwan pour le round d'honneur, c'est un peu comme un calumet de la paix entre les deux quartiers.

— Vas-y ! Elle est à toi.

Tatepa enfourche la Kawasaki, démarre, donne quelques coups d'accélérateur.

— Elle chante pas mal, hein ? lui lance Marwan.

— Une vraie diva !

Tatepa part comme une flèche. La moto vrombit en laissant derrière elle un filet de fumée blanche, les riders la suivent en cortège.

— Refais l'ange, Tatepa !

Il se tourne vers le type qui a braillé. D'autres s'y mettent aussi, enthousiastes, accélèrent en cadence. « L'ange, Tatepa ! L'ange, Tatepa ! » Quand il passe devant Marwan, il l'interroge du regard. D'un geste, l'autre l'encourage. Alors il se positionne.

Le chant de la Kawasaki est plus grave que celui de la Yamaha. Il traverse le parking à la vitesse de l'éclair, la moto bondit littéralement à l'assaut de la rampe. Le garçon est concentré, dans sa bulle, plus rien d'autre n'existe. Il prend appui sur ses mains, prêt à jaillir au-dessus de l'engin. Puis tout va très vite, une énorme détonation retentit, le tremplin s'affaisse légèrement, Tatepa perd le contrôle, la moto fuse de travers, l'éjecte par l'arrière, pique du nez, enchaîne les tonneaux sur le bitume et s'encastre dans le mur entre la vitrine de Tchip et celle de Kiabi. Nuage de fumée noire, moteur éructant.

Tatepa s'est protégé la tête avec ses bras, il a rebondi sur l'arête de la rampe qui lui a fracassé le dos et l'a propulsé au sol avec une violence inouïe.

La douleur est atroce. Il veut crier, mais seuls quelques grognements inaudibles sortent de ses lèvres tuméfiées. Il respire difficilement, sa poitrine est comme coupée en deux, écrasée, déchirée. Il ferme les yeux…

— T'endors pas, Tatepa ! Reste avec moi !

Sol est penché sur lui, n'ose pas le toucher.

— Allez, Tatepa, regarde-moi !

Il entend des éclats de voix, distingue vaguement d'autres silhouettes derrière Sol, mais ne parvient pas à fixer son regard. Il se concentre sur les yeux de son pote qui forcent la barrière de ses paupières et lui ordonnent de vivre.

— Je suis là ! Je t'aime, mon frère, je suis là.

Tatepa essaie de soulever la tête, il sent le sang qui pulse dans son cou, comme si ses veines allaient exploser. Il a de plus en plus de mal à respirer. Cette douleur… Pourquoi Sol parle-t-il si bas ?

— Bouge pas, les pompiers arrivent. T'inquiète, ça va aller, ils vont te sortir de là, ça va aller, mon frère, bouge pas…

Il bascule, il n'a presque plus mal. Sa tête s'affaisse sur le côté. Il aperçoit des formes floues qui se dandinent au loin sur le bitume. On dirait des canards. Il va bientôt faire nuit… Il entend la sirène des pompiers… À trois ans, il voulait devenir pompier…

— Tatepa, tu m'entends ? Tatepa ! Reste là ! T'endors pas, Aurélien, je t'en supplie, Aurélien !

Les lampadaires s'allument, il ferme les yeux.

Il part.

Sol est un hurlement, Sol est un torrent, Sol se répand.

8

La porte des soins intensifs est blanche avec un hublot carré par lequel personne n'a envie de regarder. Assis à l'autre bout du couloir, Sol attend.

Son corps se disloque.

L'écheveau dans sa tête étire ses branches épineuses, le colonise entièrement, ressemble à une monstrueuse araignée qui s'infiltre entre ses muscles et sa peau.

Il se met debout et fait les cent pas. Vraiment. Il compte à mi-voix, en même temps qu'il arpente. Un, deux, trois… jusqu'à cent.

Il se rassoit.

Son corps pèse des tonnes.

Sa jambe droite s'agite nerveusement.

Il se ronge les ongles, grignote jusqu'au sang.

Le pneu avant droit du camion a explosé, l'ange a sombré dans le néant.

Sol se noie dans les bouillons du torrent qui s'est répandu en lui. Pas une larme, jamais. Tout en dedans.

Son portable vibre dans la poche arrière de son pantalon. Il ne regarde pas les notifications, le met en mode avion. Il a demandé à son père de ne pas venir, il doit être fou d'inquiétude. Sol ne peut pas voir Melvin dans cet hôpital, c'est impossible.

Il appuie sa tête contre le mur, ferme les yeux. Les images affluent, insoutenables, il les rouvre.

Les parents de Tatepa poussent la porte, s'engagent dans le couloir. Iris a les yeux bouffis, ses joues sont ravinées par les larmes, elle a rétréci. Elle semble tellement fragile. La silhouette de madame Brahim apparaît furtivement dans l'esprit de Sol. Autour des épaules d'Iris, il y a le bras de Patrice. Lui aussi s'est tassé, lui aussi a pleuré. Sol n'a plus envie de l'appeler PQ.

Il se lève, marche à leur rencontre. Son regard demande : « Alors ? »

— Viens, on va parler en bas, dit Patrice, on a besoin d'un café.

Sa voix est sourde, enrouée, comme si du gravier obstruait sa trachée.

Ils se plantent devant une machine à café qui a plutôt l'air de faire du jus de chaussette, à en juger par la couleur du breuvage dans les gobelets en carton. Iris est sous le choc, elle ne peut pas parler. Sol pose une main sur son bras pour lui dire qu'il est là, même si elle le sait, même s'il est à côté d'elle.

— Il a de nombreuses fractures, un peu partout, dont six vertèbres à la colonne. La moelle épinière est touchée…

Patrice énumère, avec toujours ce gros sable sur les cordes vocales qui éraille ses paroles, les déchire, les crevasse.

— Ses côtes ont perforé ses poumons, ils sont en train de l'opérer, ils en ont pour plusieurs heures. On ne sait pas combien.

La main d'Iris rejoint celle de Sol sur son bras. Elle tremble, il la presse fort entre ses doigts.

— Le cerveau n'est pas atteint.

Sol souffle imperceptiblement.

— Mais il…

Cette fois, c'est un rocher que Patrice a dans la gorge. Il prend sur lui, inspire profondément, du mieux qu'il peut.

— Il ne pourra probablement plus bouger ses jambes. Plus marcher.

Ils chavirent tous les trois dans ce hall d'hôpital, à côté de la machine à café, et Sol se souvient.

Il a dix ans, c'est un soir de janvier. Il attend Tatepa devant le gymnase où son pote prend des cours de karaté. Lui, ça ne lui dit rien, le karaté. Il trouve particulièrement crétin de se saluer en pyjama sur des tapis pour ensuite se foutre sur la gueule avec des mecs et des filles qu'on ne connaît pas ou à peine.

À deux pas du gymnase, il y a un passage à niveau automatique. Il s'approche, regarde à droite, à gauche. Deux paires de rails s'enfoncent dans l'obscurité. Une pulsion le saisit, irrésistible. Il marche entre les voies puis se couche dans les caillasses et attend le train. Une angoisse sourde monte en lui, l'orage gronde dans sa tête, les épines lui griffent la poitrine.

Une centaine de mètres plus bas, le signal du passage à niveau retentit et le sol se met à trembler. De plus en plus fort. Son corps devient bloc de béton. Les mains plaquées sur ses cuisses, il ferme les paupières, mord ses lèvres et n'esquisse pas le moindre geste quand le monstre hurlant passe à quelques centimètres de son visage. La violence est monstrueuse. Il sent chaque pore de sa peau balayé par un ouragan, il sent ses oreilles exploser dans le vacarme inouï, et surtout, il sent le sang couler dans ses veines, son cœur cogner à tout rompre.

Il vient de frôler la mort et il se sent vivant. Intensément vivant. C'est ce qu'il est venu chercher entre ces rails, la vie en lui.

Il se relève, titubant entre les voies et regagne le gymnase d'une démarche chaotique. En sortant de son cours, Tatepa le trouve devant la porte, raide comme la statue du monument aux morts, le regard halluciné.

— Qu'est-ce qui se passe ? s'écrie-t-il. T'as vu un zombie, ou quoi ?

Sol l'entend comme s'il se trouvait au fond d'un puits rempli de coton. Il lui raconte, parce qu'ils se disent tout, Tatepa et lui. Il lui raconte ce qu'il a fait et pourquoi.

Son copain le dévisage, stupéfait.

— Tu te rends compte que tu aurais pu crever comme un rat et qu'on aurait peut-être mis des jours avant de te retrouver ?

Sol acquiesce.

— Ou tu aurais pu te faire couper les jambes par les roues du train et après t'aurais plus pu marcher ! T'imagines l'horreur ?

Il se précipite sur Sol, le serre dans ses bras à l'en étouffer.

— Arrête de toujours penser au passé, vis ta vie, un peu ! murmure-t-il.

Et il ajoute, lentement, d'une voix très douce, les yeux embués :

— Tu es important pour moi, tu sais. Et pour ton père, et aussi pour ma mère et PQ.

Tatepa n'avait raconté cette histoire à personne. Son pote avait eu sa dose de psychologues et pour ce que ça lui avait servi…

Quelques jours plus tard, Sol avait décidé de réaliser son rêve. Avoir un cheval, c'était impossible, mais il pouvait apprendre à monter dessus. Alors il avait grimpé dans les arbres.

« Et après t'aurais plus pu marcher ! T'imagines l'horreur ? »

La voix de Tatepa a dix ans et résonne dans sa tête.

— Tu devrais appeler ton père, il doit s'inquiéter, dit Patrice avec sa voix venue des tréfonds.

9

Mon frère,

Je pense à toi tout le temps.

Pas de visites, juste ta mère et Patrice, pas d'appels. Je t'écris.

Je suis soulagé que tu ne sois plus dans la nuit, mais ça doit être difficile, ce réveil. Plus que ça, même.

Le jour, c'est beau, surtout le soleil. C'est toi qui me l'as dit.

Je te serre dans mes bras.

Sol

Sol se lève, Sol travaille, Sol rentre chez lui directement en fin d'après-midi. Le week-end, il se calfeutre dans sa chambre, rideaux fermés. Soleille lui a laissé des dizaines de messages, il ne les a pas lus, pas écoutés, n'a pas répondu, pas rappelé. Tous les jours elle lui en envoie un nouveau. Il ne les efface pas.

Il a évité les bras de son père quand il est rentré de l'hôpital. Il lui a répété les mots de Patrice avec le même gravier dans la voix puis s'est retranché derrière ses remparts, sans laisser d'espace pour entrer ou sortir. Aucune issue. Melvin aurait voulu le presser contre lui, l'embrasser comme quand il était petit et lui dire que la douceur, même si elle n'efface pas la douleur, empêche les buissons d'épines de s'enraciner et transforme les lourds nuages d'orage en pluie.

125YZ est au troisième sous-sol, recouverte d'une housse, en face de l'emplacement de la voiture d'Iris. Elle se gare sur le parking extérieur pour ne pas la voir. Sol a posé le casque de son pote sur l'étagère de sa chambre, à côté du DVD de *Spirit* qu'il adorait quand il était gosse.

Le cheval dans les arbres, c'est fini.

Il ne veut plus se sentir libre, en harmonie avec le monde. Il s'encarapace, sa coquille s'alourdit. Le silence prend de plus en plus de place.

Patrice est reparti sur les routes pour le boulot, Iris dîne tous les soirs chez Melvin et Sol et ne parle que de son fils. Ça lui fait du bien, à eux aussi, de toute façon ils ne pensent qu'à lui.

Sol imagine le bruit des machines qui le maintiennent en vie. Iris leur explique qu'au début, elle ne les supportait pas mais que maintenant, elle tremble à l'idée de ne plus les entendre. Elles sont la preuve que son enfant n'est pas mort. Elle ose prononcer le mot, comme pour exorciser ce qu'il représente. Aux Bleuets, le personnel ne l'emploie pas et préfère : « disparu », « défunt », « décédé », c'est plus digne, paraît-il. Les résidents ne sont pas dupes, eux aussi ils disent « mort ».

Aurélien, c'est le prénom de Tatepa.

Il est sorti du coma et passe ses journées dans la pénombre, étendu, corseté, intubé, avec le plafond pour seul horizon. Une vision unique, aucune échappée possible, aucune fenêtre sur le monde.

Deux jours avant l'accident, il a oublié un pull chez Sol. Bleu marine avec le logo KTM RedBull sur la poitrine. Iris a dit à Sol qu'il pouvait le garder. Il l'enfile dès qu'il rentre chez lui.

Aux Bleuets, les filles savent. L'accident a fait la une du *Progrès*, plusieurs fois elles avaient vu Aurélien attendre Sol devant l'EHPAD.

Nathalie lui a glissé une pierre dans la main. « Cornaline, a-t-elle murmuré, pour ton chagrin. » Jade ne se fâche plus contre lui, elle n'a aucune raison de le faire. Il ne parle pas beaucoup, ne dit même plus « ouais » mais « oui » et quand on a besoin de lui, il s'exécute. Elle se demande souvent si elle ne préférait pas le rebelle à l'automate.

Durant sa semaine de cours au centre de formation, ses profs le trouvent exemplaire et s'étonnent. Ils ne savent pas pour l'accident. Sol n'est pas exemplaire, il est éteint.

Avant d'aller faire la chambre d'à côté, il s'attarde dans la 113 pour regarder le cheval du calendrier. On n'est plus au mois de mars mais Émile n'a pas tourné la page. Le garçon reste piqué devant la photo, cramponné à son balai.

Le vieil homme l'observe en silence. Ce grand môme gris de désespoir lui fend le cœur. Alors il se dit que ça ne peut pas continuer comme ça et il lance :

— Qu'est-ce qui t'est arrivé, mon gars, que tu traînes cet air de chien battu depuis des semaines ?

— ...

— C'est une peine d'amour ?

Sol remue lentement la tête.

— Tu ne veux pas me raconter ?

— ...

— Le chagrin, c'est un poison lent, ça use... Ta vie est trop neuve pour la laisser gâter.

— Je vais y aller, merci Émile.

— De rien, Solomon. Ne garde pas tout à l'intérieur, sinon tu vas te faire bouffer, laisse sortir les émotions, ça te fera du bien, tu verras.

Émile est le seul à l'appeler par son prénom en entier, il le préfère au diminutif qui lui fait penser à un poisson. Parce qu'il était pêcheur aussi, avant.

Sol passe dans la chambre d'à côté, la 112, celle de la nouvelle résidente, Louise Danvers. Elle n'est pas commode, mais ça ne l'empêche pas de parler au « petit de l'entretien », comme elle l'appelle. Elle se moque qu'il l'écoute ou pas, elle a besoin de s'épancher. Au début, ça l'a drôlement contrariée de découvrir que certains jours, la femme de ménage était un jeune Noir, haut comme un plongeoir et à peine sorti de l'enfance. Ce n'est ni l'âge ni la couleur qui la dérangeaient, mais le genre. Pour elle, l'entretien n'est pas une affaire d'homme, ils ne savent pas nettoyer les choses, avec eux c'est toujours bâclé, ni fait ni à faire.

Assise dans son fauteuil, elle le regarde passer une lingette humide sur les interrupteurs.

— Quand j'étais petiote, ma mère m'assurait que tout le monde a un ange gardien, tu en dis quoi, toi ?

Il hausse imperceptiblement les épaules.

— Tu as raison, moi non plus je n'y crois pas. Ou alors le mien s'est mis en retraite depuis un sacré bout de temps ! Je pensais qu'avec ma sclérose qui empirait, mon fils allait me prendre chez lui. Il habite à côté d'Aix, en Provence, pas les Bains... N'oublie pas la poussière derrière la télé !

Sol ne répond pas.

— Eh bien, penses-tu ! Mon fils me dit qu'il s'inquiète pour moi, qu'on lui a parlé d'un endroit vraiment bien où on peut avoir l'aide sociale pour payer la pension, où les personnes âgées semblent très heureuses et il me colle... Pas la peine de nettoyer le téléphone, je ne m'en sers pas.

Elle fronce les sourcils. Quoi qu'elle lui dise, ce grand escogriffe n'en fait qu'à sa tête. Qu'est-ce qu'elle lui racontait, déjà ? Ah oui !

— Et il me colle où, mon fils ? Aux Bleuets ! Le pire établissement de la ville, coincé entre les quartiers H.L.M. ! Avec tout ce qu'on raconte sur les EHPAD...

Sol lui coule un regard las.

— Je lui ai dit que c'était honteux de faire ça à sa pauvre mère, qu'il s'en mordrait les doigts quand je serai couverte d'hématomes à cause des maltraitances ou à moitié morte de faim. Pourquoi tu ne balaies pas avec un balai normal ?

— Pour pas soulever la poussière. Là, elle s'accroche à la gaze. Aux Bleuets, on adore cogner sur les résidents et les affamer, mais on fait gaffe à leurs allergies.

C'est sorti tout seul, peut-être à cause de ce que lui a dit Émile. La vieille dame ouvre des yeux ronds. Elle n'avait jamais entendu le garçon aligner plus de quatre mots d'affilée depuis qu'elle est là.

— Peut-être ! rétorque-t-elle, mais moi je serai mieux à Aix.

— En Provence, pas les Bains.

Elle ne sourit pas, mais presque.

— C'est ça ! Il y a un champ de lavande derrière chez mon fils, ça sent bon… À ce propos, il n'a pas de parfum, ton produit, c'est normal ?

— C'est pour pas maltraiter les narines des résidents.

Cette fois, elle sourit.

— Ne fais pas attention, je suis tout le temps de mauvaise humeur, c'est dans mon caractère. Ma belle-fille m'appelle le vieux morse.

— Pourquoi « vieux » ?

Là, elle rit.

— Et toi, comment tu t'appelles ?

— Sol.

— Comme la note de musique ?

— Oui… comme la note de musique.

10

Mon frère,

Tu es dans ma tête, toujours.

Aurélien est sorti des soins intensifs.

Ça doit être plus confortable de t'endormir sans le bruit des machines.

Excuse, je ne sais pas dire les choses. Déjà à l'oral c'est une cata mais à l'écrit, c'est encore pire. Je te parle de dormir et peut-être que tu n'arrives pas à trouver le sommeil.

Iris et Patrice ont demandé aux médecins d'attendre qu'il se retape encore un peu avant de lui annoncer sa paralysie. Ils le trouvent trop faible pour encaisser la nouvelle.

Je voudrais être là pour toi, trouver les mots justes.

Après les séances de kiné, Aurélien ne comprend pas pourquoi il ne sent toujours pas ses jambes. Il espère, il attend. Il fixe ses orteils, se concentre de toutes ses forces pour essayer de les faire tressaillir, juste tressaillir.

Le roc solide et protecteur est en miettes, comment pourrait-il protéger le nuage des épines, le buisson de l'orage ? Il ne veut pas que Sol le voie dans cet état.

Je suis nul pour te remonter le moral, mais je peux te raconter une histoire.

Le matin, je ramène une résidente dans sa chambre. Elle s'appelle madame Brahim. Quand j'arrive, elle est assise à l'accueil, elle m'attend en robe de chambre. Une robe de chambre affreuse avec des flamants roses et des nénuphars jaunes. Je ne comprends même pas que ça existe, des vêtements aussi moches, ça arrache les yeux. C'est pas possible de porter un truc pareil.

Ce matin, un psychologue entre dans la chambre d'Aurélien. Un géant, plus large qu'une armoire. Cheveux en bataille, tout en mâchoires. Aurélien pense aux brochettes de psys que Sol a vus, il se dit que c'est son tour et qu'il n'a pas envie. Il trouve que le gars n'a pas la tête de l'emploi, qu'il ressemble à Joey Starr.

Madame Brahim est minus, elle ne pèse rien et elle a des cheveux tellement emmêlés qu'on dirait un nid sur sa tête, il ne manque que les cigognes. Avant, je la conduisais jusqu'à sa chambre au deuxième étage et je la laissais devant sa porte, mais maintenant j'entre avec elle et je l'aide à s'asseoir dans son fauteuil. Elle est assez flippante parce qu'elle a des yeux vides. Pourtant elle n'est pas complètement barrée. Quand j'arrive, elle bouge un peu les doigts, comme pour dire salut, ou un truc de ce genre. Je m'en suis aperçu il n'y a pas longtemps. Avant, j'évitais de la regarder en arrivant, mais maintenant je la préviens que je vais me changer avant de la raccompagner chez elle.

Joey Starr est sorti de la chambre d'Aurélien.

Et Aurélien sait.

Il sait ce qu'il savait déjà.

Sa mère et Patrice sont entrés. Il les a suppliés du regard : « Non, ne dites rien, ne dites pas que ça va s'arranger, qu'il faut garder espoir, n'essayez pas de me rassurer. »

Il

sait

qu'il

passera

toute

toute

toute
toutetoutetoutetoutetoutetoutetoutetoutetoute
sa
vie
dans un fauteuil
dans un fauteuil roulant.
Toute sa vie dans un fauteuil roulant.
Il passera toute sa vie dans un fauteuil roulant.

C'est moi qui apporte son petit déjeuner à madame Brahim, même quand je ne suis pas de service au deuxième. J'ai décidé ça la semaine dernière parce qu'il faut absolument qu'elle se nourrisse pour se remplumer. Les filles sont d'accord. Je fais ce que j'ai à faire et je reviens chercher le plateau. Elle a un appétit d'oiseau, souvent elle ne touche à rien, ou presque. Mais si je lui beurre une biscotte et que j'ajoute un peu de gelée de framboise, elle accepte de la manger. Je fais son lit pendant qu'elle picore, pour pas la déranger. Perso, je ne supporterais pas que quelqu'un me regarde bouffer.

Le monde d'Aurélien s'est écroulé.

Il est dévasté.

Étendu sur ce lit blanc, entre ces murs blancs, sous ce plafond blanc, devant les visages livides de Patrice et d'Iris, il voit défiler sa vie. Non pas les images du passé qui surgissent quand la mort est proche, mais toutes celles de son existence future, tout ce qu'il ne pourra pas vivre.

C'est parce qu'elle ne fait aucun bruit que je comprends madame Brahim. Je crois qu'elle m'apprend à écouter. Quand on prête l'oreille, tout s'entend. Les silences parlent, chacun raconte une histoire personnelle.

Aurélien se dit qu'il va être un poids pour les autres, que sa vie n'a plus aucun sens, alors à quoi bon continuer ?

Mon frère, j'entends ton silence. Il est douloureux. Je passe une main sur ton front, tu la sens ?

Je passe une main sur ton front et je chasse la souffrance.

Je ne te laisserai jamais.

Sol

11

L'après-midi, l'air est assez doux pour sortir les résidents dans le jardin, un rectangle d'herbe parsemé de pâquerettes et entouré de murs, avec trois catalpas au milieu, pour l'ombre.

Sol observe les vieux de la fenêtre des chambres qu'il est en train de nettoyer.

Vus d'en haut, avec leurs cheveux blancs moussant, ils ont l'air de nuages posés dans un petit champ. Les vieillards chauves ressemblent à de gros œufs, il ne manque qu'un lapin et quelques rubans pour faire un tableau de Pâques vivant.

Parfois les résidents s'engueulent, Sol entend : « Arrête de nous emmerder, Marcelle ! » ou « Ferme-la, vieux crapaud ! » C'est tout de suite moins poétique mais ça lui donne presque le sourire.

Petits pas à petits pas, les vieux apprivoisent le renard sauvage.

12

— Pourquoi tu les aimes à ce point, les canassons, Solomon ?

Sol regarde brièvement Émile puis essore sa serpillière.

— Je ne sais pas… Un jour, ma mère m'a offert le DVD de *Spirit*, un film sur un mustang sauvage. J'avais cinq ans, je le regardais tellement souvent que je le connaissais par cœur. Je voulais être un cheval.

— Elle aime bien les chevaux, elle aussi ?

— Qui ça ?

— Ta mère.

— Je… je ne sais pas.

— Et maintenant, tu voudrais être quoi ?

— …

— Tu n'as pas un rêve ?

Sol se revoit dans sa chambre d'enfant avec Tatepa qui l'interroge : « Hein, c'est quoi ton rêve, Sol ? »

Il dit dans un souffle :

— J'aimerais bien avoir un cheval, un cheval à moi.

Le vieil homme se gratte le menton. Il a vraiment le canasson dans la peau, ce garçon.

— Traîne pas trop, alors. Vaut mieux réaliser ses rêves quand on est jeune plutôt que regretter de ne pas l'avoir fait quand on est vieux.

Il se redresse dans son fauteuil.

— Et puis tu devrais fréquenter.

Le garçon le fixe sans comprendre.

— Fréquenter une jeunette qui te changerait les idées.

Sol songe à sa messagerie saturée.

— Pourquoi tu crois que j'ai mis des nanas plein mes murs ? Quand je les regarde, j'oublie de penser à ce que je n'ai plus.

Les yeux du garçon glissent sur ses moignons.

— Ça vous fait mal ?

— Ça manque, surtout. C'est absent mais toujours là.

C'est exactement ce que Sol ressent. Le manque de ce qui est toujours présent.

Le vieil homme laisse échapper un gloussement.

— À mon âge et dans mon état, je ne risque pas de rencontrer une mignonnette pour me bécoter le cou !

Il ajoute plus bas :

— Alors je me contente des images.

Un rayon de soleil s'infiltre par la fenêtre entrouverte, se glisse entre eux.

— Faut laisser de la place au bonheur, mon gars.

13

Sol finit d'accrocher les derniers ballons au mur de la salle d'activité. Les tables sont recouvertes de nappes jaunes. Sur les nappes : des pyramides de gobelets en plastique, des bouteilles de jus de fruits, des assiettes en carton et des serviettes en papier rouge, on se croirait à un goûter d'anniversaire.

Les filles ont déjà descendu les résidents en fauteuil roulant, les autres arrivent, s'assoient sur les chaises disposées en demi-lune devant l'espace qui tiendra lieu de scène. Pas beaucoup de monde en chaussons, ce n'est pas tous les jours qu'on va au spectacle.

— Je vais chercher madame Brahim ! lance Sol à Jade. Ils arrivent quand ?

Elle regarde sa montre.

— Ils sont déjà en train de se préparer dans le réfectoire mais tu as le temps, ça ne commence que dans une demi-heure.

Elle sourit en le regardant sortir de la pièce. Il n'y a plus rien à voir entre le Sol d'aujourd'hui et celui d'il y a quelques semaines, les résidents aussi l'ont remarqué. Il ne cause pas beaucoup, comme ils disent, mais ils l'ont adopté. Un oreiller supplémentaire glissé dans leur dos, une porte qu'il prend soin de fermer pour éviter les courants d'air, un plaid posé sur leurs épaules frissonnantes, leur viande coupée en minuscules morceaux pour qu'ils puissent la mâcher… ces petites attentions de Sol leur font du bien, les rassurent, et elle, ça la touche. Elle ne le lui a pas dit, elle devrait. Depuis l'accident de moto de son ami, elle le regarde se métamorphoser. C'est comme s'il se rendait compte de la fragilité de ceux qui l'entourent. Ses gestes ont changé, sa voix aussi… Et puis la manière dont il veille sur madame Brahim la fait fondre.

Sol gravit les escaliers quatre à quatre, toque à la porte de la 222. Madame Brahim ne répond jamais alors il entre directement dans la chambre.

Fatou l'a aidée à passer la moins grise de ses robes, elle attend dans son fauteuil. Quand elle voit Sol, elle a ce subtil mouvement des doigts, pianote trois notes silencieuses.

Il se penche sur elle.

— Je viens vous chercher pour le spectacle dans la salle d'activité, les enfants du centre de loisirs vont jouer une pièce de théâtre.

Silence radio, hublots vides.

— Vous inquiétez pas, je sais que vous n'aimez pas quand il y a trop de monde, je resterai près de vous.

Il n'a pas eu à négocier longtemps avec Nathalie pour obtenir l'autorisation d'accompagner la vieille dame à la représentation.

— Après il y aura un goûter avec du quatre-quarts…

Il fouille dans une poche de sa blouse, en sort deux barquettes.

— Regardez, j'ai piqué de la gelée de framboise pour tartiner votre gâteau.

Il les remet à leur place avec un air de conspirateur.

— On y va ?

Elle soulève imperceptiblement le bras, il l'aide à sortir du fauteuil. Dans le couloir, elle trottine, il avance à petits pas.

La salle d'activité bourdonne, les résidents s'agitent sur leurs chaises, plus excités que des abeilles au-dessus d'un champ de trèfles. Ils sont tous là, même Émile dans son fauteuil qui est descendu sans prévenir personne, avec Gaby sentinelle à sa droite, au cas où il déborderait, et Louise Danvers à sa gauche, un foulard en soie mauve noué autour de son cou, très digne sur sa chaise.

Sol installe madame Brahim un peu à l'écart, près de la fenêtre. Sa main reste accrochée à son bras, il ne se dégage pas et s'assoit à côté d'elle, derrière le ficus agonisant. On entend piailler les gosses dans le couloir, il glisse discrètement ses écouteurs dans ses oreilles, lance sa playlist et regarde la rue derrière la vitre.

Il ne voit ni les gamins maquillés et costumés entrer en file indienne derrière leur animatrice, ni les sourires illuminer soudain les visages fanés. Il n'entend pas la jeune métisse présenter le spectacle. Il écoute du rap en pensant à son pote.

Les doigts de madame Brahim sur son bras le font tressaillir. C'est comme si elle battait la mesure… il tourne la tête, enlève ses écouteurs, la salle est déchaînée.

Elle descend de la montagne à cheval
Elle descend de la montagne à cheval

Les gosses, déguisés en Tyroliens, chantent à gorge déployée.

Elle descend de la montagne
Elle descend de la montagne
Elle descend de la montagne à cheval

Les vieux les accompagnent en chevrotant. Ils ne sont pas tout à fait dans le bon tempo mais le cœur y est. Fatou, Jade et Gaby se donnent à fond, tapent dans leurs mains en « se trémoussant » en rythme.

Singing aye aye youpee youpee aye
Singing aye aye youpee youpee aye

Sol ne s'est pas trompé, les doigts de madame Brahim dansent une petite lambada sur son bras.

Singing aye aye youpee aye aye youpee
Aye aye youpee youpee aye

Il a déjà entendu cette chanson.

Dans la voiture de Patrice, quand il était parti en vacances à Chamonix avec la famille de Tatepa, l'été de ses sept ans.

À côté du camping, il y avait un pré en pente. Il revoit la scène comme dans un film…

Il se glisse souplement sous le fil de fer barbelé, progresse à pas de Sherpa dans le champ à flanc de montagne, s'immobilise. Une ombre immense apparaît, enveloppée de brume. De l'herbe jusqu'aux genoux, il reste à distance. Le géant tourne la tête. Son regard croise le sien.

Il a peur mais il ne fuit pas. Son cœur cogne dans sa poitrine, il pose un pied devant lui, puis un autre. Avance lentement. Ses bras deviennent des ailes, ses jambes des algues.

Il n'est plus la pierre à la place du cœur. Il n'est plus le poing qui cogne l'abîme. Il est bouleversé, fasciné.

Il est un danseur improvisant devant son chorégraphe.

Une dernière enjambée. Ils sont face à face.

Le cheval tend le nez, leurs souffles se rejoignent.

Singing aye aye youpee aye aye youpee
Aye aye youpee youpee aye

Le vacarme des applaudissements le ramène dans l'EHPAD. Les enfants saluent, une jeune fille assise par terre se lève. Il ne la voit que de dos. Les gamins l'entourent, elle se penche vers eux, les embrasse, les félicite, parle fort, d'une voix rauque, agite ses mains oiseaux. Une tornade, un tourbillon, Sol ne la lâche pas des yeux. Elle est de profil maintenant et fredonne la chanson en sautillant sur place. Son corps ondule. Sur sa tempe gauche, une minuscule étoile blanche.

14

Sol a envie de courir jusqu'à elle mais il n'ose pas, préfère l'esquive, façon gnou furtif. Il fonce vers le buffet, tête baissée, dépose une tranche de quatre-quarts dans une assiette en carton, attrape une petite cuillère, manque renverser le verre de jus d'orange dans sa précipitation. Planqué derrière le ficus, il étale la confiture sur le gâteau et donne la becquée à madame Brahim.

— Bonjour madame, salut Poussin !

Il s'étrangle alors que ce n'est pas lui qui mange.

— Mé... Mé... Mélissa ?

— Tu bêles, maintenant ?

Son rire.

— Qu'est-ce que tu fais là ?

— J'anime l'atelier théâtre au centre de loisirs. Tu as aimé le spectacle ?

— Heu... oui. Oui, oui ! Super !

— Tu arrivais à entendre les répliques des enfants malgré tes écouteurs dans les oreilles ?

— …

Elle sourit. Irrésistible. S'amuse.

— Pendant toute la représentation, tu es resté planqué derrière ton arbuste, le nez collé à la fenêtre.

— C'est un ficus.

— Ah d'accord. Derrière ton ficus.

— Tu m'as vu ?

— Mes amis m'appellent Miss Marple.

— Désolé.

— Tu vas bien ?

— Oui.

— Sûr ?

— Mmm… Et toi, ça va ?

— Je m'ennuie à mort depuis que je ne peux plus espionner l'espion qui espionne mon paon.

— …

— Je t'ai laissé au moins soixante messages.

— Je suis désolé.

— Arrête d'être désolé, tu n'as pas exterminé une nichée de bébés tortues, non plus.

— …

— Tu bosses tous les jours ici ?

— J'ai cours demain et vendredi, je reviens lundi.

— Tu termines à quelle heure, le soir ?

— 16 h 30.

— Parfait. On dit lundi, 16 h 30, devant l'entrée des Bleuets ?

Elle ne lui laisse pas le temps de répondre, tourne les talons en agitant une main.

— Je file, les enfants m'attendent pour le démaquillage. Si je les laisse se débrouiller, ils vont vous refaire la déco du réfectoire. À lundi, Poussin !

15

Mon frère,

J'espère que le transfert au centre de rééducation ne va pas trop te crever, qu'ils vont faire gaffe à ne pas te bousculer, et que ta chambre aura une belle vue. Je sais, c'est con de te souhaiter ça, mais Patrice m'a dit qu'il y avait un grand parc là-bas.

S'il y a des arbres devant ta fenêtre, demande qu'on l'ouvre en grand et respire. Quand on respire les arbres, c'est comme une naissance, on comprend qu'on appartient au monde. Il y a l'odeur de la sève, le parfum de la terre et celui du ciel, ça rend à la vie.

J'ai revu cette fille. Elle m'a envoyé 60 messages en deux mois, je les ai ouverts seulement hier.

Courage, je te serre contre moi.

Sol

Sol réécoute les vocaux, relit les textos.
Dans sa poitrine, ça fait patapam, patapam.
Il pense à son pote, à Mélissa, à son pote.

Il met le casque de moto sur sa tête.
Chasse le buisson d'orage.
Il voudrait pleurer.
Aimer.
Pardonner.
S'ouvrir.
Laisser de la place au bonheur.
Mais il ne sait rien faire de tout cela.
Il n'a pas envie de baisser les bras.
Pas encore, pas cette fois.
Il n'ose pas, il a peur.
Il voudrait être libre.

16

Patrice sonne à la porte. Sol le fait entrer.

— Tu es tout seul ?

— Mon père sera là dans une heure... Viens, assieds-toi.

Patrice s'installe sur le canapé, Sol à côté de lui.

— Tu veux boire quelque chose ?

— Ça ira, merci.

— Alors, le centre ?

— Oh, tu sais, ça ressemble beaucoup à l'hôpital, la seule chose qui change, c'est que la fenêtre d'Aurélien donne sur le parc.

— C'est important, je trouve.

— Il m'a raconté que tu lui avais écrit à propos des arbres.

— Oui...

— Tu fais bien. Ces courriers, c'est une bonne idée.

Il plisse le front, se frotte la figure.

— Ça va être compliqué, la rééducation, mais au moins, il sera actif. Ils vont lui apprendre à accepter son… enfin, à se débrouiller sans ses jambes. Ils lui ont prévu un emploi du temps d'athlète, Iris a peur qu'il ne tienne pas la cadence. Entre l'ergothérapeute, le kiné, le physio je ne sais quoi, il va être occupé plus de six heures par jour.

— Il est d'accord ?

— On ne sait pas, il ne laisse rien filtrer.

— Il parle de l'accident ? De sa moto ?

— Justement, c'est pour cette raison que je viens te voir. Il m'a demandé de vendre la Yamaha.

Sol le regarde, stupéfait.

— Tu ne peux pas faire ça !

— Elle lui appartient, c'est lui qui décide. Il m'a aussi demandé de te donner…

Il tire une épaisse pochette kraft de son blouson, la pose sur les genoux du garçon.

— Voilà, c'est pour toi.

— Qu'est-ce que c'est ?

— Il t'explique tout là-dedans.

Patrice lui tend une petite enveloppe puis il se lève et Sol perçoit le poids des semaines d'angoisse qui pèse sur ses épaules.

— Je te raccompagne.

Il le regarde monter l'escalier, comme si chaque marche mesurait la taille de ses jambes. Il voudrait le rappeler, lui dire des choses qui rassurent et encouragent, l'aider à se redresser, lui donner de la force, mais il s'en sent incapable et ça le désespère, cette impuissance. Il referme la porte, retourne s'asseoir sur le canapé, tourne le paquet entre ses mains, ouvre l'enveloppe. À l'intérieur, un feuillet plié en quatre.

Sol,

Merci pour tes lettres, t'imagines pas à quel point elles me remontent le moral. J'ai l'impression que tu es à côté de moi. Quand je les lis, j'entends ta voix. Je ne suis pas prêt pour qu'on se voie, je ne me sens pas assez... Je ne sais pas assez quoi, en fait. Il faut du temps. Déjà attendre que moi, j'arrive à me supporter avec... ou plutôt sans.

Cette fille, dis donc, elle est déterminée ! 60 messages, ça mérite un rapprochement, non ?

J'aurais jamais pensé écrire une lettre de ma vie, à part une lettre de motivation. Toi pareil, je suis sûr.

Je réfléchis beaucoup, ça me change d'avant. Alors voilà : je ne remonterai jamais sur une moto, pour moi c'est fini les rodéos, les courses, tout ça.

PQ a dû te dire pour la vente de la Yamaha. L'argent je te le donne, il est à toi, il est dans ce paquet, c'est pour t'acheter un cheval.

Je te connais, tu vas refuser, dire que c'est pas possible, que je vais en avoir besoin, qu'il n'y a pas de raison, que tu ne le mérites pas. Tu vas trouver des tas de prétextes.

C'est pas une décision que j'ai prise à la légère, c'est un acte important. Je n'ai pas envie de mettre la valeur de ma moto dans n'importe quoi, j'ai choisi ce qu'il y a de plus noble : ton cheval. Alors fais-le, Sol, ne réfléchis pas, les rêves sont faits pour être réalisés.

Il sera magnifique, j'en suis sûr.

Ton frère,

Tatepa.

17

Sol a lu et relu la lettre de Tatepa. Il la connaît par cœur et l'a glissée dans la poche de sa blouse de travail. À chaque fois qu'il se penche, il entend murmurer le rectangle de papier contre sa poitrine. Pas de nuage d'épines ni de buisson d'orage dans sa tête, plutôt un vaste flou. Des vagues de pensées flottantes qui vont et viennent, un flux et reflux trouble, une marée indécise. *Tatepa, Tatepa, qu'est-ce que tu as fait ?* Il dérive, ne sait plus où s'ancrer. *Et Mélissa qui vient tout à l'heure...*

— Ça va, Sol ?

Sa cheffe le croise, s'arrête au milieu du couloir et l'observe attentivement.

Il ne répond pas, ouvre un grand sac en plastique qu'il a posé sur son charriot.

— Nathalie, je voulais te demander...

— Oui ?

— J'ai fini l'étage. Avant de descendre à la lingerie, est-ce que... attends...

Du sac, il sort un vieux poste radio CD qu'il est allé récupérer la veille à la cave.

— Est-ce que je pourrais l'installer dans la chambre de madame Brahim ?

— Bien sûr ! Tu as des CD ?

— Non, je pensais lui mettre une station de musique calme, juste un moment, pour pas la fatiguer.

Nathalie lui adresse un sourire radieux.

— C'est parce qu'elle fait ce truc avec ses doigts, explique-t-il, comme si elle battait la mesure.

— Ah bon ?

— Oui, le matin quand j'arrive, on le remarque à peine. Et mercredi quand les enfants ont chanté, elle a bougé ses mains, pas beaucoup, mais je l'ai vue et c'était...

Il y a soudain tellement de lumière dans les yeux de Sol.

C'était cool, quoi.

Nathalie est bouleversée. Il l'épate, ce môme. Quand il a débarqué en septembre avec son air d'animal blessé, toujours prêt à mordre et à se révolter, elle s'est dit qu'il allait falloir beaucoup de temps et de patience pour gagner sa confiance. Et le voilà qui se pointe avec sa radio pour cette petite grand-mère esseulée... Elle a envie de le serrer dans ses bras.

— C'est sûr qu'elle aime la musique, ajoute-t-il. C'était quoi, son métier ?

— Aucune idée. Tout ce que je sais, c'est qu'elle a un fils.

— Il vient la voir ?

— Jamais. Il téléphone une fois par semaine pour prendre de ses nouvelles. Gaby dit qu'il n'est pas très causant.

Sol pense au fils de madame Brahim, au fils de Louise Danvers, à celui d'Émile, aux fils en général qui ne viennent pas souvent voir les résidents, ou accompagnés, ou vite fait, le nez sur leur portable. Qui viennent moins que les filles en tout cas. Il songe que lui aussi est un fils, alors il vire le sujet de sa tête, frappe à la porte de la 222, compte mentalement jusqu'à trois en espérant obtenir une réponse. Silence de l'autre côté. Il entre, parle bas.

— C'est moi, madame Brahim. Ça va depuis tout à l'heure ?

La vieille dame disparaît dans son fauteuil, translucide à force d'être minuscule et immobile.

Sol pose l'appareil sur la table, s'accroupit pour le brancher.

— Je vous ai apporté une radio.

Il l'allume, règle le volume. Il a déjà sélectionné une station.

— C'est de la musique classique. J'y connais rien, j'écoute pas ça d'habitude.

Il cherche à croiser le regard du fantôme en robe grise. Remonte un peu le son. Les violons glissent sur les meubles, s'enroulent autour des pieds du lit, nappent les murs de la chambre, s'infiltrent dans chaque microgoutte de buée sur la vitre, enveloppent Sol.

Il ignore qu'il s'agit du quatorzième quatuor à cordes de Schubert et ça n'a aucune importance. Ce qui compte, c'est l'effet que produit l'*Andante con moto* sur lui. Le rap lui vide la tête, lui donne envie de partir au galop. Schubert lui caresse le cerveau. C'est exactement ce qu'il ressent. Comme si les archets des violons étaient en réalité des plumeaux en poils de loutre qui lui effleureraient la masse nerveuse, du bulbe aux pédoncules cérébraux. Il en a des frissons, s'assoit sur le lit, profite de l'instant. Fixe le petit paquet dans le fauteuil. Se détend.

Prestissimo des violons. Les doigts de madame Brahim, des papillons.

18

Il se change dans les vestiaires. Oscille entre l'impatience ardente qui échauffe le sang, étourdit, fait tambouriner le cœur plus vite, plus fort, plus vivant, et l'envie de se métamorphoser sur le champ en autruche-tête-dans-son-trou, ou en taupe, ou en n'importe quoi d'enfoui. En rat. En rat-taupe nu.

— Aubonrvoirjour Sol !

Les résidents en rang d'oignons sur les banquettes de l'accueil le saluent quand il passe devant eux. Un bonjour-au revoir marmonné par une quinzaine de bouches édentées. Depuis que le garçon ne les ignore plus et qu'ils l'ont intégré dans leur monde, il est devenu leur habitude de 16 h 30. Ça agace Connasse et lui, ça l'amuse, ou ça le touche, ou les deux, il ne sait pas trop.

Pour le moment, ce qui le chamboule, c'est la silhouette en robe jaune de l'autre côté de la vitre. Les cheveux qui moussent autour du visage constellation, les yeux velours, les fossettes parenthèses, le soleil de Soleille. Il pousse la porte, n'a plus envie d'être un rongeur *in naturalibus* dans une galerie souterraine.

— Hello Poussin !

— Salut Mélissa !

Voilà. C'est simple, c'est beau, elle sourit, il sourit et, vlan ! il se met à tomber des trombes d'eau.

Une vraie grande cascade céleste. Les vaches qui pissent, c'est de la douchette, à côté.

Ils courent comme des dératés dans la rue, le ciel n'en finit pas de se répandre. Mélissa rit à gorge déployée, offre son visage au déluge, boit la tasse, dégouline, rit encore, et Sol rit de la voir rire.

Ils échouent dans le premier café venu, *Chez Jeannine*. Pierres apparentes, tables en bois foncé, chaises assorties, reproductions de gravures de Gustave Doré aux murs, quelques piliers de bar accoudés au comptoir. Ils font de l'œil à la serveuse et, de l'autre, regardent ce couple bon à essorer qui vient de débouler. Ça leur donne un petit air sartrien aviné, les binocles et l'existentialisme athée en moins.

Sol et Mélissa s'installent au fond de la salle, leurs vêtements font *flic-floc* sur le sol, ses mains à elle démêlant ses cheveux *ffrt-ffrt*, son cœur à lui *tatam-tatam*, les bouteilles et les verres sur le bar *gling-gling* et le gros matou roux qui ronronne sur une banquette à leur droite *brrr-rrrrr*. Ce n'est pas du Schubert, mais ça sonne bien.

La serveuse vient prendre leur commande.

— Un cappuccino, s'il vous plaît, demande Mélissa.

— Deux ! lance Sol.

Il n'en a jamais bu de sa vie, mais la bière, ce n'est pas son truc, les sodas non plus...

— Toi aussi, tu aimes le cappuccino ?

— Ben, je... oui !

Mélissa renonce à discipliner sa chevelure. Ses prunelles lisent en lui, le passent au décrypteur bionique.

Il avoue, penaud :

— En fait, j'en ai jamais goûté.

— Tu vas adorer !

Elle n'en doute pas.

— Tu as l'habitude de choisir la même conso que celle qui t'accompagne ?

Il comprend le sous-entendu, se frotte le nez d'une main, décolle son tee-shirt humide de sa poitrine de l'autre.

— Il n'y a pas de « celle »…

Elle le fixe toujours. Impossible de biaiser face à ce regard.

— Je… j'ai pas l'habitude de sortir, j'ai qu'un pote, on se voit chez moi ou chez lui, mais là…

Il tripote le menu sur la table.

— Il est… là, il…

Il voudrait lui dire pour Tatepa, mais ça bloque quelque part. Elle n'insiste pas, d'un geste lui chipe la carte.

— J'ai une de ces fringales !

Sur la banquette, le chat s'étire en bâillant, s'enroule de nouveau, tête entre les pattes. Elle plonge la main dans son pelage, parcourt la fiche plastifiée et interpelle la serveuse :

— Ce serait possible d'avoir deux croque-monsieur avec les cappuccinos, s'il vous plaît ?

Sol sourit.

— Tu as l'habitude de choisir pour celui qui t'accompagne ?

Elle se penche vers lui.

— Généralement, mes amis décident de ce qu'ils veulent boire et manger, mais… il n'y a pas de « celui ».

Elle pose ses index sur le haut de ses pommettes.

— Tu m'as bien regardée, Poussin ?

Ça oui, il ne s'en lasse pas.

— Personne n'a envie de sortir avec une fille atteinte de vitiligo.

Il ne s'écrie pas : « Si, moi. Moi j'ai envie ! », vu qu'il ne s'est toujours pas débarrassé du vieux drap jeté sur ses émotions et que, par conséquent, exprimer verbalement le début du commencement d'un sentiment serait plus utopique pour lui que commander un lait fraise pour les soiffards du bar. Il se contente de penser : « La voie lactée s'appelle vitiligo » et de s'étonner :

— Ah bon ?

Il résonne tellement sincère, son « ah bon ? » que Mélissa en reste interdite. Pas longtemps.

— À l'école, on m'appelait la vache, au collège le zèbre, au lycée, j'ai dit stop. J'ai annoncé la couleur le jour de ma rentrée en seconde.

— Comment ça ?

— En première heure, je suis allée voir la prof et elle m'a autorisée à faire un exposé express sur le sujet. Genre, j'ai une maladie de peau appelée vitiligo qui provoque une dépigmentation partielle de mon épiderme.

Elle grimace.

— À ce moment-là, certains ont ouvert des yeux perplexes parce que dépigmentation et épiderme dans la même phrase, ça les dépassait. J'avais l'impression de leur faire un cours de SVT niveau master.

— Il n'y a pas de traitement pour cette maladie ?

— Non, pas pour le moment... En fait, mon système immunitaire considère que la mélanine qui donne sa couleur à la peau est comme une grippe, alors il se met en mode sabre laser et il la combat. C'est ça qui décolore ma peau et donne ces taches blanches.

Elle croise ses doigts devant elle.

— En classe, j'ai ajouté que vache et zèbre, je saturais, et que je m'appelais Mélissa. J'ai fait une piqure de rappel cette année en septembre pour les nouveaux et les amnésiques, voilà.

— Et ça va ? Les gens te regardent beaucoup ?

— Forcément, la différence attire l'œil, mais l'important pour moi c'est qu'on ne me considère plus comme une bête curieuse et qu'on arrête de me donner des surnoms débiles.

Son regard s'enflamme.

— Et si une dinde glousse dans mon dos, je lui conseille d'aller s'abonner au compte Insta de Winnie Harlow.

— C'est qui ?

— Une top-modèle qui a un vitiligo et dix millions de followers.

Sol la trouve mille fois plus éblouissante qu'une top-modèle.

La serveuse dépose leur commande sur la table et ils s'empiffrent de croque-monsieur arrosés de cappuccino. Mélissa avait raison, il adore.

Elle raconte l'atelier théâtre qu'elle anime bénévolement au centre de loisirs le mercredi, les pièces qu'elle écrit sur mesure pour les spectacles de fin d'année. Elle lui parle de Joris, un enfant autiste qui hurlait les mains plaquées sur les oreilles dès qu'il y avait trop de bruit autour de lui.

— C'était il y a deux ans. On a passé six mois à chuchoter pour ne pas l'effrayer.

— C'est possible ?

— Oui, les gamins ont joué le jeu, ils peuvent être super bienveillants quand on leur explique. Cette année, Joris a dit trois répliques pendant le spectacle, je suis trop fière de lui !

Sol l'écoute. Sa voix le remplit.

Elle fait partie d'une bande de potes soudés, Matthieu le clarinettiste, son meilleur ami depuis la sixième, toujours à l'aise, solide, qui l'a aidée à tenir le coup au collège. Victor et ses blagues pourries. Lui complexe sur sa petite taille et dessine comme un dieu. Et Eva la discrète, deux ans d'avance, qui panique dès qu'elle a moins de seize à un DST.

Sol savoure chacun de ses mots.

Elle a mollement étudié l'alto pendant sept ans. Jusqu'à ce que son prof du conservatoire abdique et lui avoue qu'elle jouait tellement faux qu'il finissait par douter de ses capacités pédagogiques. Elle a revendu son instrument qu'elle avait baptisé Aldo et s'est mise au chant lyrique. Ça l'aide à canaliser son trop-plein d'énergie et elle s'éclate.

Elle écoute Satie, Chopin, beaucoup de rap américain, mais aussi Dalida, Edith Piaf et de la samba brésilienne.

Le chant lyrique, Chopin, Satie. Sol note les infos mentalement.

Elle aime les Choco Prince trempés dans du chocolat chaud et surtout les mangues. Elle pourrait s'en goinfrer toute la journée, est devenue une spécialiste du *tâtage* de fruits, pour deviner à quel moment les manger.

— La mangue, c'est trop bizarre. Tu as un créneau ultra serré si tu veux qu'elle soit bonne. À 17 h 36 elle n'est pas assez mûre, à 17 h 53 elle est pourrie, j'exagère à peine !

Sol rigole.

Elle veut devenir avocate. Depuis qu'elle est toute petite, une vocation. Elle assiste aux audiences publiques du tribunal dès qu'elle peut quand elle n'a pas cours. Elle dit que le théâtre la prépare à ce métier, qu'elle veut prêter sa voix à ceux qui n'en ont pas.

Elle ne lui demande pas pourquoi il a laissé ses messages sans réponse et ne s'est pas intéressé au spectacle mercredi dernier mais, à un moment, elle lance :

— Allez, à ton tour, dis-moi tout de ta vie !

Il recule instinctivement sur sa chaise, préférerait qu'elle continue à parler parce qu'il pourrait rester des heures à l'écouter et à la regarder. Elle est un paysage, un paysage sonore.

— Oh, moi...

Là encore, il bloque.

— Tu n'es pas obligé de me raconter tes mémoires !

Embarrassé, il frotte ses immenses mains sur ses cuisses. Pourquoi est-ce que ça ne sort pas alors qu'il ne s'est jamais senti aussi proche d'ouvrir les vannes ?

— Tu peux me parler de ton futur, si tu préfères !

— De mes souvenirs de demain ?

Mélissa sourit. Ce garçon est un poète.

Le café commence à se remplir. Le matou redresse la tête, lance un coup d'œil blasé à la ronde, se désenroule brusquement et file se planquer sous le bar.

Une brune hyper contouringuée le remplace sur la banquette. Portable brandi entre ses doigts aux ongles manucurés, elle déballe sa vie, version seule en scène à l'Accor Arena : « Alors on était posées avec Marjorie, et là, devine qui vient nous faire chier ? Jessica ! Tu vois pas c'est qui ? Mais si, celle qu'est tombée dans le tiroir des échantillons de parfum du Sephora, tellement elle pue ! Voilààà, Jessica ! Donc elle arrive en tortillant son cul de deux hectares dans son slim taille trente-quatre, et là, devine ce qu'elle nous sort, cette pouffiasse ? Attends, y a la serveuse... »

Mélissa se retient de rire, les larmes aux yeux.

— On part ou on écoute ce que lui a dit Jessica ? glisse-t-elle à Sol.

— On y va !

Il se lève, plonge une main dans sa poche.

— Laisse, je t'invite ! lance-t-elle.

Il proteste, elle pose l'argent sur la table.

— Bon d'accord, concède-t-il, mais la prochaine fois, c'est pour moi.

Il trouve étrange de s'entendre prononcer « la prochaine fois », comme si c'était naturel qu'ils se revoient. Le nuage d'épines enfle dans son crâne, le doute lui fourrage le ventre... Sa vie n'a absolument rien à voir avec celle de Mélissa, il ne connaît pas la moitié des choses dont elle lui a parlé, elle ne peut pas s'intéresser à un mec dans son genre alors que son meilleur pote joue de la clarinette !

Dehors, l'orage est passé et le soleil a déjà séché les flaques.

— Tu vas de quel côté ?

— Mélissa ?

— Mmm ?

Il lâche d'une traite :

— Je suis en C.A.P., je fais le ménage à l'EHPAD et je distribue des repas aux vieux, j'ai pas de vie sociale, je ne sais pas qui est Chopin, je ne connais rien au chant lyrique, je n'ai jamais mangé de mangue, je...

— Tu vas adorer, c'est trop bon !

— Non, mais attends, j'habite au Pont-des-Chèvres.

— OK...

— Tu vois, quoi !

— Je vois...

Ils font quelques mètres en silence.

— Pas dans un château avec une tour, précise-t-il pour s'assurer qu'elle a bien enregistré. Plutôt dans une tour sans château. La plus haute, celle avec le crépi qui se barre sur le côté.

— À droite de l'immeuble où il y a le centre de loisirs ?

— Heu… oui…

Elle a un minuscule astéroïde sur le lobe de l'oreille gauche. Et toujours ce sourire éblouissant, accroché aux lèvres.

— Si ça se trouve, tu es voisin avec des gosses du théâtre, c'est même sûr !

Elle rayonne, elle est vivante, légère. Elle ralentit, lui attrape le bras.

— Bon, Poussin, arrête de te faire des films pourris. Que tu habites une tour, un igloo, une yourte ou une roulotte, ça m'est égal et je ne vois pas en quoi c'est dérangeant.

— Non, mais tu ne comprends pas, je…

— Je comprends parfaitement et je te vois venir avec tes gros sabots de mammouth des steppes. Tu vas me sortir qu'on n'est pas du même monde, pas du même quartier, pas de la même culture, qu'on n'a pas les mêmes moyens, et moi je te réponds, et alors ?

Elle repart d'un bon pas, toujours accroché à son bras.

— Et alors, Poussin ? Est-ce que ça empêche qu'on devienne amis ?

— Non, mais…

— Mais rien ! Ma mère a perdu son père quand elle avait neuf ans, elle est née à Rocinha, la plus grande favela de Rio et n'a jamais mis les pieds dans une école. Enfin si, quand j'ai commencé à y aller, moi. On a appris à lire ensemble, elle a fait son CP à trente ans. À dix, elle était bonne à tout faire chez des riches pour aider sa mère à nourrir ses petits frères. Si elle n'avait pas rencontré mon père, elle aurait épousé un type de là-bas et je ne serais pas dans mon château qui, entre nous, n'est pas un château, mais juste une maison avec une tour.

Elle lui lance une œillade amusée.

— Je suis la fille de Cendrillon, chevalier Poussin du Pont-des-Chèvres ! Qu'est-ce que tu as à répondre à ça ?

Il ne répond pas, mais l'éclat de son sourire est éloquent.

— J'ai le bac français dans un mois, tu as des exams, toi ?

— Pareil, dans un mois.

— Donc je vais m'enfermer dans mon donjon pour réviser, toi dans ta tour, et on se voit après ?

— D'accord.

— On se textote ?

— D'accord.

— Tu n'attends pas deux mois pour me répondre ?

— D'accord.

— Tu es toujours d'accord ?

— Avec toi, toujours.

Ça lui a échappé. Il enchaîne tout à trac.

— Fais gaffe !

Il la plaque contre son torse pour lui éviter de poser le pied sur l'étron canin fluidifié à point qui orne le trottoir.

Elle rit.

— Qu'est-ce que je disais, un preux chevalier !

Ses cheveux chatouillent le nez de Sol. Quand elle s'écarte, il sent encore leur caresse.

— Ça m'a fait plaisir de te voir.

— Moi aussi ça m'a fait plaisir. Enfin, je veux dire de te voir, toi, bredouille-t-il, pas de me voir, moi.

Il mélange les mots, ça l'amuse. Quand elle sourit, ses yeux se plissent, il ne distingue plus que deux flammèches ambrées.

— À bientôt !

— Salut Mélissa.

Elle s'éloigne de son pas joyeux. Se retourne.

— Poussin !

— Oui ?

— Tu t'appelles comment ?

— Sol, enfin Solomon.

— Comme Solomon Burke ?

— Tu connais ? J'y crois pas ! Personne ne sait qui est ce type.

Elle repart, agite la main, disparaît au coin de la rue, happée par le soleil.

Elle est sa Voie lactée. Sa voie. Elle est.

Où qu'il pose les yeux, impossible d'imprimer d'autres images dans son crâne, elle prend toute la place, sa mémoire ne retient que Mélissa.

Elle le bouleverse. Des pieds à la tête, de la tête aux pieds. Elle le transperce.

Et ça lui plaît. Il le reconnaît enfin.

Quand elle pose sa main sur son bras, il n'est pas chevalier, il est roi.

Il sourit tout seul.

19

Dans le hall d'entrée de la tour du Pont-des-Chèvres, Melvin, le père de Sol, appelle en vain l'ascenseur. L'affichette raturée sur le mur indique que la société de maintenance Onlyft interviendra le 3 mai, puis le 9, puis aujourd'hui.

Corinne Pujol, locataire au quatrième étage, rouspète à côté de lui :

— Pffffoufff ! C'est pas Dieu possible ! Des semaines qu'ils nous promettent qu'ils vont le réparer, leur ascenseur de merde, et rien, nada, que pouic !

Quand elle est contrariée, elle devient vulgaire.

— Je vais vous aider à monter votre charriot, madame Pujol, propose Melvin.

— Merci, je veux bien.

Il lui tient la porte de la cage d'escalier, elle commence à gravir les marches en continuant à ronchonner et il la suit, son caddie à motifs écossais dans les bras.

— C'est pas parce que les loyers sont bon marché et qu'on touche des allocs qu'il faut nous prendre pour des cons !

Si le prétentieux cravaté qui représente leur bailleur social se pointait devant elle à cet instant, la sexagénaire lui enduirait le costume de goudron et de plumes pour lui apprendre à respecter les locataires.

Elle ahane plus fort qu'un tracteur en fin de vie. Se hisse tant bien que mal, la main droite crispée sur la rambarde, les mollets raidis par l'effort.

— Manquerait plus que je me paie une crampe là au milieu !

— Je peux aller déposer votre charriot devant chez vous et redescendre vous aider, propose Melvin.

— C'est gentil mais je vous embête déjà assez comme ça, mon pauvre ! On se demande pourquoi ils ne font pas des marches moins hautes au fur et à mesure qu'on monte, les architectes. On serait moins crevés ! Ça se voit qu'ils ont des ascenseurs qui fonctionnent, eux.

Ils finissent par arriver au quatrième cahin-caha et Melvin poursuit son ascension. Après des heures à manier la balayeuse et ses copines lustreuse et nettoyeuse vapeur, huit étages de plus à se farcir, ça lui coupe les jambes rien que d'y penser.

Il se revoit dans ce même escalier dix ans auparavant, presque jour pour jour.

Ascenseur en panne. Il avalait les marches quatre à quatre, étranglé par l'angoisse.

Dans le TGV, il avait tenté de joindre Rose un nombre incalculable de fois et tombait systématiquement sur son répondeur. Il respirait fort, n'en finissait pas de tourner dans ce colimaçon de béton. Qu'est-ce qui lui avait pris d'aller voir son père à Pantin alors qu'ils ne se parlaient plus depuis des plombes ? Le cœur en débandade, il s'élançait en s'accrochant à la rampe pour aller plus vite. Il avait laissé Rose toute seule. Toute seule avec Sol. Pour rendre visite à un moribond exsangue. C'était plus fort que lui, il avait eu besoin de vérifier que le monstre allait bien crever. Voir le lit de mort de son salaud de père qui l'avait élevé en lui tartinant la tronche à grands coups de claque, jusqu'à ce qu'à dix-huit ans, il fiche le camp à l'autre bout de la France.

— Rose !

Il braillait son prénom, comme si elle pouvait l'entendre.

La veille, il lui avait téléphoné à 20 heures en sortant de l'hosto. Elle avait dit « tout va bien », lui avait passé Sol, et ce matin répondeur-répondeur-

répondeur-répondeur. Il avait fini par prévenir Iris qui était descendue devant leur porte. « Il n'y a personne chez vous, Melvin, ils ont dû partir au marché. Ne t'inquiète pas, si Rose ne se sentait pas bien, Sol aurait ouvert, j'ai sonné au moins vingt fois. »

— Rose !

Elle se rendait toujours au marché un peu avant midi, ses médicaments la mettaient K.-O. jusqu'au milieu de la matinée. *Oh mon Dieu, pourquoi je suis parti ?* Il ne la laissait jamais seule la nuit. Il avait même changé de boulot pour rentrer le soir et veiller sur elle. Elle lui avait dit « tout va bien » avec sa voix plume, sa toute petite voix.

— Rose, Rose, Rose !

Il était arrivé sur le palier, hors d'haleine.

Silence criant de l'autre côté.

— Je suis là, Rose !

Ses mains tremblaient, tremblaient tellement.

— Rose ! Sol ! Rose, tu m'entends ?

Ses clés étaient tombées à ses pieds.

Oh mon Dieu, faites qu'elle soit au marché avec le petit.

— Rose !

Il avait ramassé le trousseau, bondi sur la porte, tourné la clé, s'était précipité.

— Oh mon Dieu, mon Dieu, oh mon Dieu, Sol !

Il se penche sur les marches, le souffle coupé. Enfonce ses ongles dans ses paumes. La douleur surgit, lui fouille le ventre. Il s'éparpille, se rassemble aussitôt. Ne pas craquer. Être fort. Continuer pour son gamin au cœur arraché. Continuer, continuer, continuer. Il n'en peut plus, parfois. Bon sang, il a une de ces envies de chialer.

Un parfum de tajine s'infiltre dans la cage d'escalier, le ranime, il reprend l'ascension.

Il n'a pas encore ouvert la porte mais il sent que son fils est rentré. C'est devenu un sixième sens. À force de silences, lui aussi sait les écouter. Sauf que ce soir, il entend du bruit dans l'appartement. Sol ne s'est pas encore cloîtré dans sa chambre en attendant Iris. Melvin se recoiffe machinalement, plaque un sourire sur son visage, tourne la clé, entre.

— Salut Pa' !

Ça le cueille en plein cœur.

Les murs oscillent. Il rejoint la cuisine en tanguant, appuie son vertige au chambranle de la porte. Sol lui tourne le dos, s'affaire devant l'évier.

— J'ai lavé la salade et j'ai fait cuire des patates. Iris a appelé, elle est sur la route, il y a des bouchons.

Sol a fait cuire des patates, lavé la salade, se dit Melvin. *Il m'a parlé. De lui-même, comme ça. Il-m'a-par-lé.*

Il sent les larmes tracer leur route, les refoule en plissant fort ses paupières.

Salut Pa'... Bordel, il m'a dit salut Pa' !

Son sourire s'élargit. Il s'efforce de rester naturel, interdit à sa voix de trembler. À ses jambes aussi. Son long corps maigre se raidit. Ne pas s'effondrer.

— Bonsoir Sol, tu as passé une bonne journée ? Super idée, les pommes de terre ! On peut attendre qu'Iris arrive pour manger, qu'est-ce que tu en penses ?

Il a parlé trop fort, trop vite, mais ça va aller.

— OK.

Sol s'est retourné brièvement. Melvin a croisé son regard.

Ne pas s'étonner, ne pas le toucher, ne rien précipiter. C'est énorme, ce qui vient de se passer. Énorme !

Bon sang, ce qu'il a envie de serrer son môme contre lui.

20

Tatepa, mon frère,

Ta Yamaha pour mon cheval, je te jure, ça me fout les poils.

Iris nous a raconté les médocs, la sonde urinaire, le bordel que c'est, le matelas à eau, les vingt kilos en moins, les escarres dans le dos, la douleur de chien, la toilette et le reste, la pudeur au vestiaire, toute cette merde, la muscu qui te crève, le malaise la nuit dernière et jamais tu te plains. La vie est une salope et toi, tu m'offres mon rêve. Ça me serre à l'intérieur que tu réussisses à me donner encore. C'est pas un cœur dans ta poitrine, c'est un trésor. Tu écris la moto, c'est fini, et tu veux que je galope.

Au début j'ai pensé : je ne pourrai jamais. Et maintenant, je comprends. Tu apprends l'autonomie du corps, moi celle de l'esprit. Alors je dis d'accord, je vais le faire.

Merci.

Merci, c'est un mot trop petit mais j'en trouve pas de plus grand. J'ajoute un S à la fin pour qu'il se multiplie et je le tague format géant, une lettre sur chaque continent.

La fille aux 60 messages s'appelle Mélissa, elle aime les mangues, son visage c'est l'univers en mille fois plus beau.

Je pense à toi, je pense à toi tellement.

Tu sais quoi, mon pote ? Vamos !

Accroche-toi.

Je suis là.

Sol

21

Vamos, *vamos*, facile à dire. Sol ne sait pas par où commencer. Le soir, il tape son rapport de stage, révise vaguement ses cours, échange quelques textos avec Mélissa, erre des heures sur les sites de vente de chevaux… s'y perd. Ce milieu n'est pas le sien, il n'en démord pas, et, en même temps, il ressent une furieuse envie de bousculer la norme. Sur le moment tout lui semble réalisable, l'instant d'après impossible à tenter. Il se sent misérable, s'effrite comme une crêpe au sarrasin trop cuite. Se laisse entraîner par le courant, se noie. La houle le ramène sur le rivage.

Leboncoin… est-ce qu'on achète un cheval de la même manière qu'une tondeuse électrique ou un frigo ?

Il serre les dents, prend son élan. Pour certains, l'héroïsme, c'est mettre sa vie en jeu pour sauver celle des autres, récupérer un chaton dans un arbre ou survivre à une épilation intégrale. Pour Sol, c'est ouvrir un site web de petites annonces.

« Que recherchez-vous ? »

Il tape « Cheval ».

Réduit le rayon à trente kilomètres autour de sa localisation.

1 840 résultats !

Définit un prix maximum.

1 639…

Déglutit. Fait défiler les annonces.

Puzzles, peluches, Playmobil… suivent des brides, des guêtres, des selles, des pensions chevaux box compris, des prestataires de transport équin… des selles plus luxueuses, un déboucheur à pompe, des bottes en cuir, des chiots… des harnais, du vin, des vans, des calèches…

Définit un prix minimum.

79 annonces.

Remonte le prix minimum.

23 annonces.

Redéglutit.

Il a les mains qui tremblent, le cœur qui loopingue sous ses côtes, aussi désorienté qu'une libellule coincée dans un flipper.

Première annonce.

« *Hongre de 7 ans présentant une légère boiterie à un antérieur, l'empêchant de pratiquer régulièrement du sport. Très gentil, débourré, mais vendu pour cheval de compagnie.* »

Seconde annonce.

« *Bonjour je vends mon jeune entier de 2 ans. Très proche de l'homme, bien manipulé, paré deux fois par an. Il a bon caractère, apprend vite, accepte déjà le mors et la selle, désensibilisé au toucher, il fera un excellent cheval de loisirs et de balade. Il devrait toiser environ 1 m 60, voire un peu plus. Il ne partira que dans une bonne famille. Prix à débattre.* »

Sol relit les lignes plusieurs fois... ne comprend pas tout.

Putain, j'y connais rien !

Troisième annonce, quatrième, cinquième... Il passe une main sur son visage.

La sixième :

« *Vends cheval de 12 ans.*

Origine : Livio d'Arsouilles X Lucindola – Mère championne de Belgique.

Magnifique cheval alezan.

Plus d'info par téléphone. »

Il n'y a pas de photo.

« Magnifique cheval ».

Il ne s'est jamais demandé à quoi pourrait ressembler son cheval idéal.

Patapam-patapam. Son cœur.

Tatepa a écrit : « Il sera magnifique, j'en suis sûr. »

Livio d'Arsouilles... Lucindola... ça sonne bien.

Bousculade dans son crâne. Est-ce qu'il est capable de s'embarquer dans une aventure pareille ? Sera-t-il à la hauteur ?

Douze ans, c'est parfait, il ne lui faut pas un cheval trop jeune. Il passe et repasse ses mains sur son visage, s'inquiète, repense aux cours de Gaëlle au centre équestre du Cône. Saura-t-il monter correctement ?

Le prix correspond à ce qu'il peut mettre grâce à son pote, en gardant un pécule pour l'équipement. Parce qu'à part ses vieux étriers, enroulés sur la branche du tilleul... D'ailleurs, il n'a pas très envie d'aller les récupérer.

Il a fait et refait ses comptes. Étudié les tarifs des pensions alentour, l'entretien annuel, les frais d'assurance. Avec ce qu'il gagne en alternance et ce qu'il a déjà mis de côté, il pourra payer, mais tout ou presque passera dans le cheval.

Le gars qui a rédigé l'annonce s'appelle Evan S.

Sol clique sur « Voir le numéro ». Les chiffres s'affichent. Bleus sur blanc. Il les fixe, regard spirale, Mowgli hypnotisé par Kaa.

Je ne peux pas, je ne peux pas... se répète-t-il.

Il est à bout de souffle, assis en tailleur sur son lit. À bout de souffle.

Il n'a pas parlé de Tatepa à Émile, mais le vieil homme lui a demandé :

— Alors, tu en es où avec ton canasson ?

Sol a soupiré.

— Je m'en occupe, c'est compliqué, il faut penser à beaucoup de choses avant... la pension, les frais de véto, les papiers, les...

— Te pose pas tant de questions, ça te rend plus nerveux que du gras de pot-au-feu. Ton bourrin, tu l'as trouvé ?

— Pas encore.

— Cherche le cheval, le reste, tu le feras pour lui, ça s'enchaînera tout seul.

Sol a baissé les yeux.

— Aide-moi à me transbahuter sur mon fauteuil, je vais descendre mettre de l'ambiance dans la salle d'activité.

— Vous allez vous attirer des problèmes à force d'énerver tout le monde.

— Qu'est-ce que tu veux qu'il m'arrive de pire ?

Émile a agité ses moignons en grimaçant.

— Ça ne fait pas de mal aux autres croulants qu'un des leurs les secoue un peu, ils ont besoin qu'on leur stimule les neurones. Ils sont tellement vieux dans leurs têtes qu'ils finissent par péter de la poussière.

Le garçon a posé ses mains sur les poignées du fauteuil.

— Je vous aide ?

— Merci, mon gars. J'ai plus de pieds mais encore des mains.

Sol lui a ouvert la porte de la chambre et l'a regardé pousser sur ses roues dans le couloir. Il a pensé à Tatepa. Son pote dans un fauteuil, ça lui dévastait le cœur.

— Vaut mieux avancer dans la pagaille que piétiner dans l'ordre, Solomon ! lui a lancé le vieil homme avant de s'engouffrer dans l'ascenseur.

Sol respire profondément, essuie pour la deux cent vingtième fois ses mains moites sur son drap, sélectionne le numéro. Se met en apnée. Valide l'appel.

— Allô ?

Une voix féminine, aimable, jeune.

— Heu…

— Oui ?

— Je, heu… c'est pour l'annonce sur Leboncoin, le cheval…

— Ah oui, un instant !

Il l'entend appeler « Evan ! » et il a envie de raccrocher. Il est en nage, pétri de trouille à l'idée de parler à un type qui a posté une annonce de cinq lignes pour vendre un cheval.

— Je vous le passe.

Il crispe la mâchoire. Des semelles foulent du gravier. Quelqu'un arrive en courant.

— Allô ?

— Heu... j'appelle pour le cheval à vendre.

— Oui, bonjour !

— Bonjour, pardon...

— Il n'y a pas de mal. On est situé à Bagny, vous voyez où ça se trouve ?

— Oui, très bien, c'est pas loin de chez moi.

— Le cheval s'appelle Homère, il...

— Comme Homer Simpson ?

Éclat de rire.

— Non, comme le poète grec.

Sol panique. *Quel con, mais quel con !*

— Désolé.

— Ne le soyez pas, c'est amusant ! Son nom lui va bien, Homère est une odyssée à lui tout seul. C'est un anglo-arabe, né en Belgique. Il a été élevé en Espagne pour toréer, mais il n'a jamais pu entrer dans une arène, à cause de Carmen.

— Carmen ?

— L'ouverture de l'opéra de Bizet. Ils la mettent souvent pour le paseo. Cet air le terrorise. Dès qu'il l'entend, il devient incontrôlable. Son ancien propriétaire ne le supportait plus, il était à deux doigts de le vendre à la boucherie. Ça va faire cinq ans qu'il est avec moi, mais je pars m'installer au Mexique et je me vois mal lui imposer un tel voyage, il a déjà assez bourlingué, le pauvre !

Son portable collé à l'oreille, Sol sourit. L'angoisse disparaît. Il lui plaît, ce cheval rebelle. Il se dit que sa frousse de l'opéra, c'était juste un prétexte pour ne pas être le complice d'un meurtre à la banderille.

— Il a douze ans, il n'est pas grand sauteur comme sa mère, mais pour le dressage, c'est une crème.

— Je veux juste monter…

— Faire des balades ?

— Voilà.

— Vous souhaitez venir le voir ?

Sol inspire et lâche :

— Oui.

Il est ému comme un jeune marié qui s'engage pour la vie. Même s'il n'a qu'une intuition, une ébauche de son partenaire, c'est lui, il le sait. Ça ne s'explique pas, c'est intérieur, intense, une certitude. Une évidence.

Homère-comme-le-poète déteste la musique d'un dénommé Bizet et les assassins de taureaux, Sol n'a besoin de rien d'autre. Ce cheval, il l'aime déjà.

— Je n'ai pas mis d'images avec l'annonce pour ne pas être submergé de demandes, vous n'êtes que deux à avoir appelé pour l'instant.

Début de sueur froide.

— L'autre personne vient quand ?

— Demain soir.

Sol calcule mentalement. Cinq kilomètres en courant…

— Je peux être là dans trente minutes.

— Vous ne voulez pas que je vous envoie des photos avant ?

— Ça ira, merci, c'est possible de venir maintenant ?

— Heu, bon, OK… J'ai une course à faire mais je n'en ai pas pour longtemps. Si je ne suis pas rentré, ma cousine Leïa vous accueillera, c'est à elle que vous avez parlé. Je vous envoie l'adresse exacte par texto.

— Merci.

— Parfait, à tout à l'heure.

Sol dévale les escaliers, sort de la tour en trombe, court, vole. Aspire de longues goulées d'air, déroule son galop à une allure folle, chevauche son rêve à travers les rues.

Je serais celui qui...

Les piétons qui le croisent se retournent sur ce géant au sourire de lumière, lancé à fond de train. Il est tellement heureux, Sol. Heureux comme jamais. Un bonheur tout neuf, sans doute ni hésitation. Un bonheur nouveau-né. Ça lui fait un bien incroyable. Rien n'est raisonnable, rien n'est raisonné, « et alors ? », dirait Mélissa. À cet instant, il enjambe les barrières, terrasse l'impossible.

Je serais celui qui va rencontrer son cheval.

La ville est derrière lui. Sur la nationale, les camions le frôlent en klaxonnant, il ne ralentit pas, bondit dans l'herbe des bas-côtés. Il est l'élan, le feu, la fougue, ses jambes le portent au-delà de toutes les épines de tous les nuages de tous les buissons de tous les orages.

Quand il bifurque pour s'engager sur la petite route qui mène au village, il accélère encore, le visage baigné de sueur. Il hurle : « Vamos, Tatepa ! » Il n'a plus peur, il est celui qui va rencontrer son cheval.

« Le Havre de Leïa », c'est là.

Le soleil broie une poudre de lumière qui fait étinceler les briques rouges des écuries.

Dans l'ombre des toits, têtes en arrière, becs en l'air, les hirondelles se gargarisent de gazouillis. La terre vibre de chaleur, les chemins réverbèrent une blancheur de neige, seul le vert cru des prés alentour apporte un semblant de fraîcheur.

Devant le portail ouvert, Sol suit des yeux une farandole de moucherons. On les croirait manipulés par un jongleur invisible. Tout est calme. Tout est vivant.

Une femme blonde apparaît au coin d'une bâtisse et se dirige vers lui à grandes enjambées.

— C'est vous qui avez appelé pour l'annonce ?

Il acquiesce du menton. Elle s'étonne intérieurement. Au téléphone, la voix grave du garçon laissait penser qu'il était plus âgé.

— Vous avez fait vite, remarque-t-elle.

— J'avais hâte de le voir ! répond spontanément Sol.

Les traits de la jeune femme s'illuminent. Elle ne s'attendait pas à un ado, mais ça lui plaît qu'il ait piqué un sprint en pleine canicule dans le seul but de rencontrer un cheval.

— Leïa, se présente-t-elle en lui tendant la main.

Il la serre sans hésiter.

— Sol.

— On se tutoie ?

— D'accord.

Il essuie machinalement son visage d'un revers de bras.

— Tu es en nage ! Je t'offre un verre d'eau ?

Il sourit et se dandine d'un pied sur l'autre, maladroit.

Elle comprend.

— Tu préfères voir Homère avant.

Ce n'est pas une question.

— Vas-y, on discutera après, quand Evan sera arrivé, ajoute-t-elle. Homère est là-bas au fond, dans la zone de roulade.

Elle désigne une aire sablonneuse où s'ébat un cheval à la robe cuivrée.

Sol écarquille les yeux, hypnotisé. Il franchit la distance qui les sépare à pas de velours. Il est l'enfant qui plane, l'espoir en patin de soie. Sa langue claque une petite symphonie sur son palais. Homère s'immobilise, couché sur le flanc gauche, ses crins ondulés ruissellent sur son encolure. Il joue des oreilles, pivote l'une, redresse l'autre, en avant, en arrière, semble mimer un poème.

Leïa les observe. Ces deux-là sont faits pour s'entendre, elle le sent. Sol fait partie des instinctifs, ceux qui observent l'animal, s'en imprègnent, le comprennent intuitivement, parlent son langage silencieux. Le cheval l'a déjà compris, lui aussi.

Une voiture se gare dans la cour, un homme d'une trentaine d'années en sort et la rejoint.

— Evan, je crois qu'Homère a trouvé son nouveau compagnon, lui murmure-t-elle.

— C'est un gamin ! s'étonne-t-il à son tour.

— N'empêche qu'ils vont super bien ensemble, regarde.

Sol s'accroupit lentement, s'assoit dans le sable, pose une main sur le grand corps chaud.

Homère tourne la tête vers lui, son œil sombre lui déshabille le cœur.

Je serais ton cheval, tu serais mon cavalier. Je te permettrais d'exister parmi les hommes, tu respecterais mon animalité, on resterait ensemble pour la vie.

C'est un serment, un pacte silencieux.

Un rayon de soleil caresse le ciel, unit leurs ombres, scelle la promesse.

Sol se rappelle les mots de Louise Danvers... « Quand j'étais petiote, ma mère m'assurait que tout le monde a un ange gardien, tu en dis quoi, toi ? »

Il pense qu'il vient de trouver le sien. Un ange à la crinière emmêlée, talqué de sable jusqu'au toupet.

22

Il rentre chez lui à la nuit tombée, la tête dans des nuages mauves, bleus, roses, jaunes, un véritable arc-en-ciel. Pour un peu, il péterait des paillettes.

— Purée, Sol, on s'inquiétait !

Iris s'est levée en entendant sa clé tourner dans la serrure.

Melvin aussi a envie d'exploser. « Bon sang, on t'a laissé quinze messages ! Jamais tu ne réponds ? »

Au lieu de s'énerver, il file sortir des plats du frigo. S'agite pour masquer son trouble.

— Tu as faim ? Il y a du taboulé et du poulet…

Toute la difficulté, quand on est père d'un grand ado plus farouche qu'un renard, consiste à ne pas franchir la frontière du territoire interdit.

— Tu aurais pu nous prévenir que tu rentrerais tard !

Iris ne se retient pas, elle est à fleur de peau, hérissée, au bord de la crise de nerfs. Leur soirée a été un enfer. Ils ont attendu Sol. Attendu. Attendu. Elle a rongé le peu d'ongles qui lui restait, Melvin s'est défendu de téléphoner aux hôpitaux. Ils se sont raisonnés, la trouille au ventre, en se disant qu'ils ne pouvaient pas passer leur temps à le fliquer sous prétexte que leur terreur de parents traumatisés leur faisait envisager le pire. « Sol a dix-sept ans, bientôt dix-huit, c'est normal qu'il sorte un peu... »

Iris n'a pas pu regagner son appartement. Assis au bord du canapé, ils ont regardé la télé en coupant le son, et tous ces gens importants qui s'agitaient en play-back sur l'écran leur semblaient tellement ridicules et insignifiants qu'un fou rire nerveux les a pris. Un rire de trombone bouché, morveux et larmoyant.

Melvin jette un coup d'œil discret à son fils, sursaute en catimini. Son garçon irradie. Il a la même tête d'illuminé que lui quand il a rencontré Rose. De qui est-il amoureux ?

— Désolé, j'ai pas regardé l'heure... s'excuse Sol.

Iris aussi remarque son visage de boule à facettes.

— Tu as gagné à l'EuroMillions ?

— Non, pourquoi ?

— Pour rien.

Autant demander à une horloge comtoise de rapper du Nekfeu.

Sol reprend son souffle. Il a de nouveau couru cinq kilomètres. Rien de spectaculaire, au fond. À sept ans, Louise Danvers et Émile parcouraient le double de cette distance pour aller et revenir de l'école...

Il a envie d'une douche, avale son taboulé. Demande des nouvelles de Tatepa, ne raconte rien. Ne parle ni d'Evan qui part à l'autre bout du monde en octobre, ni de Leïa et de sa formidable écurie, ni de leur longue discussion, ni d'Homère, le cheval de feu.

Ni de lui sur Homère.

Ni de la magie. Ni de l'émotion qui l'a saisi.

C'était...

— Tu as quel âge ? a demandé Evan.

— Dix-sept ans.

— Tu montes depuis longtemps ?

Sol a hésité. Comment expliquer le tilleul, Gaëlle et Aquarium ?

— Je... je n'ai jamais fait d'équitation, je regarde les cavaliers pendant les reprises dans un club, c'est tout.

Puis il a ajouté.

— Quatre fois par semaine depuis sept ans.

Evan et Leïa ont échangé un regard : « Wow, accro, le gosse ! Si c'est pas de la passion, ça ! »

Sol a plongé ses doigts dans la crinière d'Homère qui s'est laissé faire, le nez sur son épaule.

— Vous pouvez me faire confiance, a-t-il dit, je saurai m'occuper de lui.

Il a redressé la tête et les a regardés droit dans les yeux, à la fois calme et déterminé.

— Je sais qu'on ne choisit pas un cheval comme une paire de baskets à Décathlon, que c'est des responsabilités, mais j'ai déjà réfléchi à pas mal de choses et je me suis organisé. C'est pas un coup de tête, je me sens super bien avec lui, j'en veux pas d'autre. De toute façon, je ne pourrais plus le laisser maintenant que je le connais.

— Je te comprends, il est irrésistible ! s'est amusé Evan en caressant l'encolure de l'animal. J'ai eu exactement la même réaction que toi le jour où je l'ai rencontré.

— Tu veux le monter tout de suite ou on te montre le domaine avant ? a demandé Leïa.

Sol a plongé son regard dans celui du cheval. Il a éprouvé un sentiment chaud, doux, réconfortant, une impression de plénitude, la sensation de se trouver là où il devait être, de vivre un instant unique qui resterait à jamais gravé en lui.

Un sourire radieux a éclairé son visage. À cet instant, l'horizon lui semblait infini.

— Je veux bien visiter, a-t-il répondu.

Leïa et Evan lui ont présenté les autres pensionnaires et ils ont parcouru le domaine, Homère dans leurs pas. Ils ont discuté des documents administratifs à réunir pour l'achat, de Melvin que Leïa et Evan seraient heureux de rencontrer, des études de Sol, du départ d'Evan dans quelques mois et surtout de cheval. Au bout d'une heure, c'était comme s'ils se connaissaient depuis des années. Pas une seconde Sol ne s'était senti déplacé. Le Havre de Leïa était déjà devenu son port d'attache.

— Bon, Sol, si tu le montais maintenant ? a proposé Leïa, en passant un licol autour de la tête du cheval. On va voir ce que ça donne et si tu as besoin de te perfectionner, on s'arrangera.

— Pour cette fois, je peux le tenir à la longe, a proposé Evan, mais je suis sûr que ça va aller.

Sol est monté à cru, une poignée de crins dans la main droite.

Sur le dos d'Homère, un vertige l'a saisi, il a respiré l'odeur du cheval. Un parfum aphrodisiaque de sueur, de foin, de nature sauvage venu de la nuit des âges. Ses épaules se sont décontractées, il a naturellement trouvé son assiette, détendu ses cuisses, resserré ses mollets, accompagné le mouvement des hanches. Il était euphorique, perché au sommet du monde.

Ils ont fait le tour de la propriété au pas pour commencer, puis au petit trot, encensés par le cantique des oiseaux nichés dans les buissons qu'ils frôlaient. Entre le cheval et le garçon a commencé une histoire de peau. Déjà ils s'apprenaient, s'assemblaient, se ressemblaient, sentaient une connivence leur traverser l'échine. Leur futur s'inscrivait dans ces premières foulées.

Au bout d'un moment, Evan a tendu la longe à Sol. Le garçon faisait corps, le cheval connaissait le chemin, il les a laissés rentrer seuls.

Parce que c'était lui, parce que c'était moi. Il pensait à Montaigne et à La Boétie en les regardant s'éloigner.

23

Tatepa ! Il s'appelle Homère, il a une robe de feu, il est immense, il déteste les connards des corridas. Il est magnifique ! J'ai eu le coup de foudre, pareil que si j'avais reçu un uppercut en pleine poire. Aussi fort, je veux dire, mais dans le cœur et sans la douleur. Quand je le monte, ça balance doucement, j'ai l'impression qu'on danse ensemble, lui et moi.

Je revis grâce à toi.

Tu le verrais ! C'est un prince, un roi, mieux que ça !

Accroche-toi, mon frère ! Accroche-toi !

Il faut que tu le voies.

Tu me manques, je veux te serrer dans mes bras.

Sol

PS : Je suis mineur, il faut l'autorisation de mon père pour les papiers. Je vais lui parler maintenant. Je stresse pas possible.

24

Melvin se laisse tomber au milieu de son lit, bras en croix, rompu. Sur la tablette en face de lui, la photo de Rose lui sourit. Il donnerait sa vie pour réanimer son regard, rendre l'éclat à la peau, admirer les dents blanches entre les lèvres épanouies. Sentir une fois encore ses bras ronds l'enlacer, sa poitrine contre la sienne, sa tête sur son épaule. Enfouir son nez dans ses cheveux. La respirer.

Un petit coup frappé à la porte le fait sursauter.

— Oui ? chevrote-t-il.

Sol entre, hésite sur le seuil comme s'il s'apprêtait à sauter dans le vide sans filet. Melvin se redresse, étonné plus qu'inquiet. Mais sacrément étonné tout de même. Depuis combien de temps son fils n'a pas mis les pieds dans cette chambre ?

La haute silhouette du garçon tient toute la place dans l'encadrement. Il se lance, la voix rauque.

— Il faut que je te parle d'un truc.

Melvin est tout ouïe. Ce ne sont plus des oreilles qu'il a, mais des sonars à l'affût des ondes, prêts à capter le moindre souffle.

— C'est important pour moi, hyper important, je suis obligé de te mettre au courant, j'ai pas le choix.

Melvin encaisse et s'alarme un chouia, mais il esquisse un sourire. Ne rien laisser paraître. Rassurer, amadouer le renard. Il est devenu grand maître dans l'art du camouflage.

— Explique-moi, je t'écoute.

Il tapote le matelas.

— Viens t'asseoir, si tu veux.

Sol avance d'un pas, se ravise, s'appuie contre le mur derrière lui. Sa respiration s'accélère. Il a préparé des phrases mentalement mais tout sort en vrac, en tir serré :

— Je voudrais acheter un cheval, j'ai l'argent, Tatepa a vendu sa moto pour me le payer, il s'appelle Homère, j'ai été le voir tout à l'heure à Bagny, il pourra rester vivre là-bas, c'est un super endroit, on va me faire un prix pour la pension, je vais aider au soin des chevaux, mais légalement, comme je suis mineur, il faut que tu donnes ton accord pour le contrat de vente, les formalités administratives, l'assurance, tout, quoi. T'inquiète, j'ai vérifié, je pourrai payer, j'ai rien dépensé depuis que je travaille aux Bleuets, faut juste que tu signes, on peut le faire en ligne maintenant, j'ai téléchargé les documents, ça te prendra cinq minutes.

Voilà, c'est fait. Sol se liquéfie sur place. Une flaque.

Melvin est soufflé. Un cheval ?

Il cherche des indices dans sa mémoire. Son fils ne lui a jamais parlé de cheval, ou il ne se rappelle pas…

Avec le temps, il est devenu amnésique. Amnésique sélectif. Tout ce qui le faisait trop souffrir, il l'a effacé. Il a vidé des tiroirs entiers, sans trier. *Pfuit*, gommés ! Pour supprimer dix minutes de souvenirs, son inconscient a parfois viré les cinq années autour. Il s'est aperçu du désastre trop tard, des pans entiers de son passé ont disparu. Les bons moments vidés à la louche pour ne plus se rappeler des mauvais.

Les pires sont restés, bien arrimés.

Son père. Nina. Rose.

À croire que si tous les autres ont disparu, c'était pour qu'il parvienne à supporter ceux-là.

— Un cheval ? murmure-t-il, le regard perdu dans le vague.

Il fouille désespérément dans les lambeaux de ses annales, pense au DVD de *Spirit* sur l'étagère de son fils… Et soudain, un extrait, quelques secondes de film défilent derrière son front... Les images fabuleuses d'un minuscule Sol détalant sur le trottoir de toute la vitesse de ses petites jambes. Hurlant de rire et criant à pleins poumons : « Tu serais un danseur ! Et moi je serais un cheval ! »

— Alors ? Tu es d'accord ?

Les yeux de son fils le supplient. Melvin se sent dépassé.

— Je te promets, Pa', ça te coûtera rien, c'est mon rêve de toujours, j'ai tout prévu, je peux assumer. Je vais bosser en août pendant mes vacances, ils recherchent des serveurs à la brasserie du Théâtre.

Melvin le dévisage, les yeux écarquillés, incapable de proférer le moindre son.

— Et si tu stresses pour mon avenir, j'ai discuté avec ma cheffe, ils sont contents de moi à l'EHPAD, ils me garderont en CDI si j'ai le C.A.P.

Il s'approche de son père, plonge ses yeux dans les siens.

L'intensité de ce regard.

Le rempart se fendille, jamais il n'a donné autant d'informations. La porte verrouillée à triple tour depuis dix ans s'entrebâille, la muraille se dérobe.

— Pa', il est vraiment magique, ce cheval. Il me fait revivre.

Melvin rassemble ses forces pour refouler ses larmes et son envie de prendre son fils par la main, de sauter sur le lit avec lui, quitte à exploser le sommier, et de lui plaquer des baisers sonores sur les joues en chantant *youplaboum*. Il recouvre miraculeusement la parole.

— Bien sûr que je vais signer les papiers pour ton cheval !

Un sourire béat l'illumine, le même se dessine en miroir sur le visage du garçon. Il n'y a plus de lumière dans les yeux de Rose, mais dans ceux de Melvin et de Sol, c'est un feu d'artifice. Pas celui des Champs-Élysées, mais quatre petites gerbes d'étincelles en bouquet.

25

Sol, j'en reviens pas !

Tu l'as fait !

Homère, je kiffe, c'est un nom de winner. Vu ta taille, c'est mieux de ne pas avoir choisi un poney, tes pieds auraient raclé par terre, tu aurais bousillé toutes tes semelles.

J'ai failli te demander une photo, mais n'en envoie pas, c'est toi qui me le présenteras. Tu vois, moi aussi grâce à toi, je revis. Je me suis donné l'été pour sortir de là, au moins le week-end.

Il m'est arrivé un truc dingue. Je vais te raconter mais détruis cette lettre dès que tu l'auras lue, tu vas comprendre pourquoi.

L'autre soir, Axelle entre dans ma chambre. Elle a 20 ans et fait ses études d'infirmière dans l'école à côté du centre de rééducation. Elle est hyper timide, donc je ne te raconte pas comme on est mal à l'aise tous les deux à chaque fois qu'elle vient pour ma toilette.

J'arrive à laver le haut de mon corps moi-même mais j'ai encore besoin d'aide pour le bas. Tout le bas, si tu vois ce que je veux dire.

Donc, imagine, je suis allongé à poil, pendant qu'Axelle me lave, je mate une émission débile à la télé pour pas penser à ma gêne. Elle me raconte sa journée pour oublier la sienne. D'un coup, elle s'arrête de parler et de bouger. Je la regarde : elle est toute rouge. Je ne comprends pas ce qui se passe, et là, elle dit : « Aurélien, tu as une érection. » Je te jure, elle me sort ça ! Genre, je te refile l'info au cas où tu n'aurais rien remarqué.

J'avais rien remarqué !

Je remonte la tête, et oui, quoi ! Exactement comme elle disait, l'avenir dressé devant moi !

La situation était super gênante, mais j'ai pas pu m'empêcher de sourire. J'ai pas arrêté depuis. Même en dormant, je suis sûr que je me marrais.

C'est la plus belle chose qui me soit arrivé depuis l'accident. Quand on m'a dit que j'étais paralysé, c'est un des premiers trucs auxquels j'ai pensé, comment ça allait évoluer, si j'allais pouvoir avoir une copine, des enfants… Personne n'a abordé le sujet, j'ai cru que c'était mort et j'avais vraiment les boules (humour). Parce que même si c'est tabou, à quoi réfléchit un mec de 17 ans quand on lui annonce qu'il va passer sa vie dans un fauteuil roulant ? Il pense à ça. Pas qu'à ça, mais quand même pas mal.

Je ne pouvais le raconter qu'à toi.

Crame ce courrier ! La tête de ma mère si elle tombait dessus !

Tatepa, ton frère ressuscité.

PS : Je suis sûr que ça s'est bien passé avec ton père. Fais-lui un peu confiance, mon pote, laisse-lui une chance.

PS2 : Une fille qui aime les mangues est forcément cool. Lâche-la pas, je la sens bien, elle.

26

Tatepa,

Je n'ai pas cramé ton dernier courrier, je l'ai encadré et placardé à côté de l'ascenseur. La nouvelle a fait le tour du quartier et la liste de tes prétendantes s'allonge, grouille-toi de revenir parmi nous, je ne les maîtrise plus. Elles sont agglutinées devant ta porte depuis trois jours, tes parents sont obligés de les enjamber pour passer et ça commence à sentir le fauve.

Bon, j'arrête de t'écrire des conneries, c'était lourd mais j'espère que tu as souri. Évidemment j'ai détruit ta lettre, t'inquiète. Mais je la connais par cœur. « L'avenir dressé devant moi », je te le ressortirai, j'étais mort de rire. Si tu as le moral dans la boue, penses-y !

La ola à ton concombre galant ! (J'ai piqué l'expression à Émile, un résident des Bleuets super sympa et assez porté sur le sujet. Avoue que c'est la classe ! J'ai hésité entre le concombre galant et l'andouille à col roulé. Ah, ah, ah !)

En tout cas, c'est une putain de belle victoire, et il y en aura d'autres, des dizaines d'autres. Je t'admire d'avoir autant de courage, c'est toi le winner, mon pote.

En t'écrivant ça, je me dis que je te mets une sacrée pression. Alors je précise que le courage, tu l'as même si tu craques, parce que merde, fait chier, c'est dégueulasse et injuste ce qui t'arrive. Tu es un winner même si tu gueules, même si tu pleures. Tu as le droit d'en avoir marre de faire des efforts, de la rééducation, de la douleur. Quoi que tu dises, quoi que tu fasses, même avec le visage bouffi, la morve au nez et la bouche pleine de vomi, tu restes mon héros.

Cette fois, c'est officiel, je viens d'adopter un bébé de 700 kilos. 700 kilos de responsabilités mais 700 kilos de rêve. J'ai plus le temps de glander sur mon lit, tu ne me reconnaîtrais pas. Le matin, je me lève à 5 h, je file à Bagny (je me suis acheté un vieux vélo, tu verrais la touche que j'ai), je m'occupe d'Homère, je lui fais un box nickel, on se balade un moment, et à 8 h je suis à l'EHPAD. Le soir j'y retourne, pour aider à nettoyer les écuries et prendre des cours d'équitation parce que je monte à cheval comme un mec sur une branche d'arbre.

Là-bas, ce n'est pas comme au centre équestre du Cône, personne ne crie, c'est hyper calme, tout le monde se respecte, je me sens à ma place. Les chevaux se baladent partout sans être attachés, ils se roulent dans le sable, piquent des galops dans les prés, tout est fait pour qu'ils se sentent libres. Je ne pensais pas qu'un endroit pareil pouvait exister, j'ai pas envie qu'Homère habite ailleurs.

Tu m'as offert le paradis.

Je te serre contre moi, mon frère, continue, je crois en toi !

Sol

27

Notification WhatsApp – **Soleille** – **23 h 02**

Salut Sol ! Tu es par là ?

Yes ! ça va Mélissa ?

Au top ! Je révise sur mon plumard, le ventilo en pleine face, Pongo est en train de me faire une léchouille apaisante des orteils : le pied !

Tu peux dire à ton chien de venir aux Bleuets, demain ? Il aura du boulot avec les résidents. Tu verrais l'état des pieds de certains, ils mettraient en grève tout un syndicat de pédicures.

MDR, Pongo kifferait à fond. Les pieds qui puent, c'est l'extase pour lui. ☺ Et toi, c'est quoi ton odeur préférée ?

Il hésite. Se souvient du parfum des cheveux de Mélissa. Un mélange d'amande et de miel. Répond :

J'aime bien celle de la crinière d'un cheval après une balade en forêt. Ça sent l'animal, le sauvage, la nature. Ça sent même le son du vent dans les branches.

C'est beau, on s'y croirait. Tu kiffes les chevaux ?

Je leur voue un culte, même s'ils sont nuls en massage de voûte plantaire. ☺ Et toi ?

Quand j'étais petite, j'avais le cheval de Barbie, rose avec une crinière blanche, le van et toute la sellerie. ☺ Sinon, j'adorais regarder Spirit, l'étalon des plaines.

Moi aussi !

C'était génial ! Un de mes films d'animation préférés. Quand je pense qu'en ce moment, j'ai même pas le temps de me mater une série... pfff. Tu arrives à bosser avec cette chaleur ?

Je finis mon rapport de stage. Pas trop motivé.

Courage, c'est bientôt la fin !
Bonne nuit, Poussin, je t'embrasse.

Bonnes révisions, à bientôt !

Elle m'embrasse.

Il visualise les lèvres de Mélissa. Mais il ne va pas plus loin, n'imagine pas qu'elles se posent sur les siennes, même pas sur sa joue. Quand il est à ses côtés, tout lui semble simple, mais lorsqu'il rumine seul dans sa chambre, il cogite trop et les doutes l'assaillent. Mélissa est une pote, sympa, drôle, attentionnée. Point. Comment pourrait-elle avoir envie d'une autre relation avec lui. Il n'est pas à la hauteur d'une fille comme elle, il est l'ombre, elle est la lumière, il a le cœur mutilé, des bras qui ne savent pas enlacer, il a peur d'aimer, et pourtant...

Il aimerait lui raconter qui il est, la prison où il s'est emmuré depuis des années, la douceur qui l'enveloppe quand il est avec elle...

Arrête de te faire des illusions, Sol, se dit-il souvent, *t'as aucune chance avec elle, c'est n'importe quoi !*

28

Chaque matin, Sol se lève aux aurores, dévale les escaliers quatre à quatre, enfourche son vélo, pédale dans le jour qui s'ébroue pour rejoindre Homère avant d'aller travailler.

Quand son cheval dort au pré et qu'il aperçoit sa silhouette flamboyante dans le soleil naissant, il se dit que c'est ça, le bonheur. L'émotion le submerge par vagues, il sourit.

Homère a une tête racée ornée d'une étoile blanche, un regard de conquérant, un poitrail large, une encolure élégante, des cuisses puissantes aux muscles luisants et une longue crinière ondulée. Il allie le massif et la fragilité, la souplesse de la race anglaise et la foulée aérienne du pur-sang arabe. Quand il trotte, on dirait qu'il danse et qu'il va s'envoler.

Dès que Sol fait entendre la petite symphonie de sa langue, il arrive au galop, mû par le seul désir de le retrouver et de croquer la carotte ou la pomme que son complice cache dans sa poche.

Les chevaux ne sont pas nés pour les hommes et ne leur sont pas inférieurs, ils n'ont besoin d'aucun maître, sont naturellement farouches et sauvages, Sol l'a compris. Homère est comme lui, un être buissonnier qui ne supporte pas d'être dominé. Contraindre un cheval, c'est entretenir ses peurs ancestrales, jouer avec ses nerfs, le plonger dans l'anxiété. Il n'y a pas de chevaux capricieux, il n'y a que des chevaux entravés qui se rebellent.

Sol laisse Homère libre de jouer sa partition *a cappella*, souvent il ne le monte pas, mais marche à ses côtés. Le cheval accorde son allure à la sienne et ils avancent en silence, côte à côte, peau contre peau, se devinant du regard, riant sous cape, jusqu'à ce qu'un coup de folie les prenne et qu'ils se mettent à courir, galoper et bondir dans les herbes hautes. L'un braillant en moulinant des bras, l'autre hennissant crins au vent, se défoulant comme des enfants, effrayant des nuées de criquets offusqués.

29

— Bonjour Émile ! Bien dormi ?

Sol pose le plateau sur la table de lit, s'inquiète.

— Vous avez mal ? L'infirmière vous a donné de la morphine ?

Le vieil homme ouvre un œil trouble, le referme en hochant la tête.

— Ça passe ?

— Pas trop…

— Je me suis renseigné sur les douleurs fantômes et j'ai lu le témoignage d'un mec qui entourait son moignon de poches de glace pour endormir le mal. C'était pas parfait mais ça le calmait. On essaie ?

Émile lève un sourcil interrogateur.

— J'en ai pour cinq minutes, bougez pas, dit Sol avant de sortir en coup de vent.

Le regard du vieillard s'allume. « Bougez pas », le gamin oublie tout le temps qu'il ne risque pas de piquer un sprint en son absence.

Sol revient rapidement, un seau à demi rempli de glaçons au bout de chaque bras.

— J'avais prévu le coup pour un jour comme ça, explique-t-il. Par contre, je suis obligé de vous asseoir, ça va le faire ?

Émile acquiesce du menton.

Sol le saisit à bras-le-corps, l'installe dans le fauteuil à côté de la fenêtre.

— Ça tourne ?

— Je suis en orbite…

— Voilà ce qui arrive quand on se shoote. Bon allez, prêt pour le bain polaire ?

Le vieil homme grimace un sourire.

Sol l'aide à plonger ses moignons dans les glaçons. Le contemple, mains sur les hanches.

— Franchement, vous avez la classe avec vos seaux devant vous ! On dirait un pêcheur de ouananiche.

— Qu'est-ce que c'est que ça ?

— Un poisson du Québec, moitié truite moitié saumon.

— Comment tu sais ça, toi ?

— J'écoute la radio avec madame Brahim de la 222. L'autre jour, il y avait un type qui chantait une chanson sur la ouananiche. C'est les Indiens qui lui ont donné ce nom.

Il approche la table de lit du fauteuil, la règle à la bonne hauteur.

— Je peux vous laisser, le temps de débarrasser les petits dej' à l'étage ?

— Fais, je me sens déjà mieux, je vais boire mon café.

Sol tourne les talons, revient sur ses pas.

— Je voulais vous dire, Émile, je vous trouve super courageux.

— Barf...

— Si on me coupait les pieds, je réagirais sûrement moins bien que vous.

— On ne peut pas savoir...

— Et puis aussi, j'ai acheté le cheval. Vous aviez raison, c'est par lui qu'il fallait commencer.

Le regard du vieil homme s'anime.

— Comment il s'appelle, ton canasson ?

— Homère.

— C'est un beau nom, noble et rare.

Il ajoute dans un rire :

— De te savoir heureux, ça me soulage encore plus que tes bassines de banquise !

En sortant de la 113, Sol se dit qu'il devient comme Jade, qu'il commence à bien les aimer, les résidents.

Il frappe à la porte de la 112.

— Je peux remporter le plateau, madame Louise ?

— Je t'ai dit de m'appeler Louise, pas madame Louise. Ça fait vieille maquerelle !

— Vous ne finissez pas votre thé ?

— Pas soif.

Sol insiste, tend le bol à la vieille dame. Elle se renfrogne.

— Avec la chaleur, vous allez vous dessécher.

— Je le suis déjà, un vrai pruneau ! J'ai tellement de rides qu'on pourrait s'endormir en les comptant.

Il pose le bol sur la table, va porter le plateau sur le charriot dans le couloir, revient se planter devant elle.

— Vous savez que les pruneaux deviennent moelleux si on les plonge dans l'eau ?

Elle lui coule un regard de corbeau suspicieux.

— Tu t'y connais en pruneaux, peut-être ?

— J'ai regardé une vidéo.

— Une vidéo sur les pruneaux ?

— Ben oui.

— Alors toi, tu n'es pas banal !

— Allez, buvez votre thé, Louise.

— Je suis occupée.

Il avise la petite valise sur ses genoux.

— Vous faites vos bagages pour les vacances ?

— C'est un peu ça, je me prépare pour le grand voyage.

Elle ouvre sa mallette. Sol se penche, elle est remplie de papiers.

— Des lettres de vos amoureux ?

Louise se déride.

— Trois cent soixante-huit différents.

Il siffle d'admiration.

— Vous arrivez à gérer ?

— Tous morts, les pauvres.

Il hausse un sourcil.

— Je plaisante, je ne les connaissais pas ! Je suis obituarophile.

Il hausse l'autre sourcil.

— Je collectionne les faire-part de décès.

Sa valise serait remplie de dessins inédits de Picasso, elle n'aurait pas la mine plus réjouie. Lui, ça l'épate.

— Mais attention, je sélectionne, hein ! Pas de femmes, pas de bonnets de nuit, rien que des joyeux lurons.

Elle relève la tête, l'air songeur.

— Tu as peut-être raison, ils m'auraient bien plu comme amoureux, ces types-là.

Sol se marre.

— Vous non plus, vous n'êtes pas banale.

Elle glousse, farfouille dans ses papiers avec la dextérité d'une croupière de casino battant ses cartes.

— Regarde ! J'ai celui de Kurt Steiner, un grand écrivain de science-fiction. J'ai tout lu de lui. Son univers est formidable !

Sol sourit, il a du mal à imaginer Louise, mise en plis gris bleuté et chemisiers à fleurs, en train de mater *Dune* ou *Matrix*.

Il saisit le papier découpé dans un journal qu'elle lui tend.

Appliquant avec tout le sérieux qu'il convient
les usages du savoir-mourir et qu'« Apprendre
à mourir exige du temps »,

André RUELLAN,
alias **Kurt STEINER**,

est décédé le 10 novembre 2016,
à Paris, à l'âge de quatre-vingt-quatorze ans.

Il s'est éteint d'un souffle,
sans bâcler son agonie, ni râle déplacé,
conformément à la bienséance.

Il éclate de rire.

— Génial ! dit-il en lui rendant.

La vieille dame rayonne.

— Même mort, il a eu le dernier mot.

Elle hausse les épaules.

— Mon petit-fils trouve ça morbide.

— Au contraire, c'est marrant, décalé, ça met de l'humour dans le cercueil !

— De toute façon, lui, à part écouter sa musique de sauvage dans son casque, il ne s'intéresse à rien. Un vrai mollusque.

— Vous parlez de votre petit-fils, là ?

— Parfaitement. Un poulpe boutonneux, mal élevé, bête à manger du foin, qui ne se souvient de moi que quand il veut que je lui envoie un billet.

Sol écarquille les yeux.

— Ne me regarde pas comme ça ! Je ne vais pas faire semblant d'être gaga d'un crétin, sous prétexte qu'on a vingt-cinq pour cent de gènes en commun. Il n'y a pas marqué Mamie Nova, là.

Elle pointe un index sur son front.

— Il peut encore évoluer, faut peut-être pas le condamner définitivement…

Elle n'a pas l'air convaincu.

Il lui tend le bol, elle boit son thé à petites gorgées, puis se tamponne les lèvres avec un mouchoir brodé qu'elle a tiré de la poche de sa jupe.

— Forcément, quand on vit dans une maison de vieux comme celle-là, on pense à la mort et on s'endurcit. C'est pas très joyeux.

— Pourquoi vous ne vous inscrivez pas aux activités de l'après-midi avec les animatrices ? Ça vous sortirait de votre chambre.

— Tu me vois chanter *Le temps des cerises* en canon ou fabriquer des hérissons en pâte à modeler ?

Il rigole.

— Dis-moi, mon garçon...

— Oui ?

— Tu le connais, mon voisin ? Celui qui n'a plus de pieds.

— Émile ? Oui, il est comme vous, pas banal.

Il se penche sur la vieille dame.

— À votre place, je descendrais rien que pour le voir flinguer la chorale en toussant comme un tuberculeux et en braillant « à la glaire comme à la glaire ».

— Il fait ça ?

— Et plein d'autres trucs encore pires. Je suis sûr qu'il vous changerait les idées.

Elle grommelle, le nez dans sa collection.

— On verra, on verra...

30

Le Havre de Leïa ressemble à une carte postale dans l'aube dorée. À droite du portail, une énorme lavande embaume sous la rosée. Sol en cueille trois brins qu'il glisse dans sa poche.

Depuis deux jours, le temps est orageux, les chevaux dorment dans les écuries. Avant même d'avoir atteint le box d'Homère, il l'entend souffler – sa manière à lui de le saluer.

— Salut mon prince, tu vas bien ?

Ils se hument. Se reflètent. Face aux yeux liquides comme des lacs frangés d'ombres, Sol est bouleversé.

Il démêle la crinière, passe délicatement la brosse sur le toupet, dégage le chanfrein, approche ses lèvres du nez aussi doux qu'un pétale. Six longs poils de soie se dressent de chaque côté des narines de l'animal, le garçon sourit sous la chatouille. Homère sent l'écorce, la mousse et la terre mouillée, il l'inspire tout entier.

— On t'a déjà dit que tu avais l'odeur de la forêt ?

Le cheval acquiesce des oreilles.

Il faut les voir, ses oreilles. Plus mobiles et attentives, il n'y a pas. Elles ne se contentent pas d'entendre et d'écouter, elles l'animent, révèlent ses états d'âme, ses pensées, ses émotions. Leur mouvement est un langage.

— Avec toi, je me sens libre, murmure Sol, libre pour de vrai. J'avais jamais connu ça. Pas depuis longtemps en tout cas.

Homère perçoit la faille, l'infime cassure dans la voix, le trop-plein d'un quelque chose qui croupit à l'intérieur depuis un bail. Il vocalise tout bas et c'est très doux, ce murmure de cheval.

— J'ai rêvé de toi. Pas une fois, ni deux, des milliers de fois…

Les mots sortent au compte-gouttes, en filet de phrases. Sol est novice en confidences. Homère attend la suite, il n'est pas pressé et chasse machinalement les mouches avec sa queue.

— Quand j'étais petit, je voulais être un cheval…

« Continue, garçon », l'encouragent les oreilles.

— Pour galoper, aller vite, franchir tous les obstacles. Et puis un jour…

Le sol tremble, les murs se fissurent, la voix de Sol se brise.

— Un jour ma mère m'a abandonné pour toujours.

Il reste pétrifié, bouche bée, les yeux écarquillés.

C'est sorti spontanément. À cause de ces oreilles tendues vers lui, ouvertes comme des coquillages. Il y a déposé son secret de gosse et ça le met dans tous ses états.

« Ma mère m'a abandonné pour toujours », c'est la première fois qu'il le confie à quelqu'un. Qu'il se le dit.

Il passe une main sur son front, se souvient de Cheval, l'ami imaginaire né une nuit, alors que les larmes refusaient de jaillir des puits sans fond de ses yeux d'enfant. Il a surgi, silhouette vivante, crins au vent, sauveur et frère de sang. Dans l'obscurité, Sol a tendu les mains, empoigné la crinière et sauté sur son dos. À cru, comme un Indien Navajo. Cheval l'a ravi au monde, éloigné du fracas et de l'angoisse qui cisaille le ventre et broie les os. Des nuits entières ils ont galopé ensemble en contournant les nuages. La première fois qu'il a vu Homère, Sol a reconnu Cheval.

Le garçon reste immobile, le souffle court. Sa main passe sous l'œil, masse lentement. Homère savoure, paupières à demi-fermées.

— Avec toi, c'est comme si j'étais né une nouvelle fois…

Ses doigts frottent la base du garrot, à la naissance de l'encolure. Homère ferme les yeux pour de bon, un soupir s'échappe de ses naseaux.

— ... comme si j'avais le droit d'exister.

Le garçon poursuit sa caresse en silence, paupières closes lui aussi, la tête posée contre l'épaule de l'animal, ses cheveux noirs sur la robe cuivrée. Son pouce et son index parcourent le vaste plateau du dos, s'attardent sur les vertèbres, les chevauchent une à une, reviennent plus haut.

— On est bien, murmure-t-il.

Sol pousse la porte de la chambre 112.

— Bonjour Louise, bien dormi ?

— Pas trop, c'était orageux...

— Tenez, cadeau pour vous.

— Ça alors, de la lavande !

Les narines palpitantes, la vieille dame hume les petites fleurs mauves.

— Ce parfum !

— Je vous en rapporterai plus la prochaine fois.

— Merci, mon petit, ça me fait tellement plaisir ! J'ai l'impression d'être à Aix.

— En Provence, pas les Bains !

Ils gloussent ensemble.

31

Melvin et Iris ont fini de dîner, la clé cliquette dans l'entrée. Melvin respire. Savoir Sol sous l'orage, avec les camions qui roulent à fond sur la nationale, lui a coupé le souffle et l'appétit. Ses épaules se détendent, il se tourne vers son garçon dégoulinant qui se déchausse dans l'entrée.

— Salut Iris, salut Pa', ça va ?

— Oui et toi ?

— Super, j'ai essayé le saut dans le manège, j'ai grave kiffé !

Depuis qu'Homère est apparu dans son existence, Sol n'est plus une ombre errante. La vie est brusquement entrée dans l'appartement, elle éclaire les tapisseries défraîchies. Le garçon a repris consistance. Épines rétractées, orage apaisé.

Melvin ne plaque plus un sourire artificiel sur son visage, il sourit pour de bon.

Il ne guette plus le silence, il accueille le bruit.

Il se désembrume. Se défroisse.

Se libère. Se rallume

Espère

Revit.

Il voue une reconnaissance éternelle à ce cheval.

— Tu as déjà dîné ?

— Oui, Leïa et Evan m'ont proposé de partager une pizza, ça ne se refuse pas !

Il se tourne vers Iris, l'interroge du regard. Elle se laisse aller contre le dossier du canapé.

— Aurélien t'embrasse. À midi, il a mangé comme un ogre, la muscu le crève mais il tient bon, et… Tadam !

Son visage s'anime.

— Il a presque réussi à se transférer seul de son lit au fauteuil. L'infirmier l'a à peine aidé.

— C'est une super bonne nouvelle !

— Oh là là, oui, ça me soulage. Il va bientôt pouvoir se promener comme il voudra dans les couloirs, rencontrer d'autres jeunes de son âge, prendre sa douche seul…

Sol pense à l'épisode Axelle, réprime un sourire.

Iris se rembrunit, une ride lui barre le front.

— Par contre, il m'a dit que ce n'était plus la peine que je vienne aussi souvent.

— Ne t'inquiète pas, dit Melvin. C'est bien, ça veut dire qu'il se sent capable de progresser sans s'appuyer sur toi tout le temps.

— Moi aussi je trouve ça cool, renchérit Sol.

— Vous croyez ?

Melvin pose une main sur la sienne.

— Bien sûr, tu as entendu ce qu'a dit Patrice au téléphone. Aurélien se bat, il avance, il gagne chaque jour un peu plus d'autonomie. Il a besoin de se prouver qu'il peut y arriver par lui-même.

— En plus, tu as vraiment besoin de souffler, remarque Sol.

— Je suis si moche que ça ?

Elle se mord les lèvres, deux ruisseaux dévalent la courbe de ses joues. Deux rivières. Deux torrents.

Ils s'assoient à ses côtés, l'entourent de leurs bras.

— Tu es tout sauf moche, t'es juste crevée, murmure Sol.

— Ça fait des semaines que tu encaisses, dit Melvin. Tu te tapes trois heures de route tous les jours, tu dors à peine, on se demande comment tu fais pour tenir le coup.

— Mer… merci d'être tou… toujours là pou… pour moi, hoquette-t-elle.

— Mais ma belle, c'est normal ! Toi aussi tu nous as soutenus quand…

Melvin s'interrompt. Autour des épaules d'Iris, il sent le bras de son fils se contracter, ne parvient pas à accrocher son regard.

— C'est vrai, vous ne nous avez jamais lâchés, souffle Sol. Nous non plus, on ne vous laissera pas.

Iris craque, redouble de sanglots, évacue les tensions, l'inquiétude, l'angoisse accumulées, la pure terreur refoulée. Melvin lui tend des mouchoirs et ils la laissent pleurer tout son soûl. Le flot met longtemps à se tarir, elle finit par s'endormir.

Ils restent silencieux, perdus dans leurs pensées.

— Pa' ?

— Mmm ?

— Tu voudrais voir Homère ce week-end ? Samedi, je veux dire.

Sol a chuchoté.

Melvin a l'impression que les battements de son cœur résonnent dans tout l'appartement.

— Ça me ferait vraiment plaisir, parvient-il à articuler.

Il n'arrive pas à auto-réguler le débordement lacrymal, se tourne vers la boîte de mouchoirs, en tire un en tapinois, essuie la larme qui roule sur sa pommette gauche, remercie intérieurement son œil droit de rester sec. Il ne veut pas que son fils le voie, il y a eu assez de grandes eaux ce soir.

Et puis ce n'est pas de la tristesse, seulement de l'émotion… Bon d'accord, son cœur s'est serré quand Sol a rectifié pour proposer le samedi. Ça lui a fait de la peine. Mais il a ressenti beaucoup de joie tout de suite après. Et de la gratitude. Donc il vidange le tout discrètement via le coin externe de son œil.

Iris ronfle avec la grâce d'un carlin catarrheux. Ils sourient.

— Ce serait dommage de la réveiller, tu crois que tu pourrais la porter jusqu'à mon lit ? murmure Melvin, en enfonçant son mouchoir dans sa poche. Je dormirai sur le canapé.

Dans la chambre de son père, Sol photographie Iris, puis il envoie l'image à Tatepa sur WhatsApp et ajoute : « Ta maman au bois dormant va bien, elle ronfle dans le lit de mon père. Dors mon pote. » La réponse arrive dans la seconde : « Merci. Je lui ai dit de pas venir demain, je m'inquiétais de sa réaction. T'es un frère. »

32

Sol se tourne et se retourne sur son matelas, s'entortille une jambe dans son drap, rue pour se libérer, retape son oreiller, tente de ralentir sa respiration, renonce. Impossible de dormir.

Si t'es insomniaque, t'as qu'à réviser tes maths. Parce qu'à ce rythme t'auras ton C.A.P. à trente-cinq ans.

Il allume sa lampe, attrape le classeur sur la pile à côté de son lit, l'ouvre, gémit.

Pourquoi y a des maths ? Pas besoin de faire trois tonnes d'équations pour savoir qu'il faut un bouchon de détergent par litre d'eau, ça me soûle !

Il a brusquement envie de parler à Mélissa, alors il ne réfléchit pas, s'empare de son portable et tape à toute allure :

Salut Mélissa ! Ça avance, tes révisions ?

ARGBLLLLLRPCHHGLOUGLOU

Ça va ???

C'était l'audio écrit de mon naufrage dans une mer de fiches. C'est la fin, Poussin, je sombre, Racine m'a tuée, j'ai été heureuse de te connaître, adieu. »

Il tape : « Courage ! »

Hésite, efface, retape, envoie.

Courage ! Je pense à toi, tu sens les ondes positives ? T'es trop forte, tu vas te payer au moins quarante points d'avance, j'en suis sûr.

Merci pour ton soutien, tu me redonnes le moral, de te lire ça va déjà mieux.

C'est mon côté bouée de sauvetage, j'ai senti ta détresse, là !

Ça me fait plaisir de te parler, tu me manquais.

Il s'étrangle de stupeur, pique un fard sur son lit.

Heureusement que t'es là, j'peux pas compter sur Pongo, ce soir. On a fait un barbecue, il s'est gavé de saucisses et maintenant il ronfle au lieu de me réconforter.

Colle-lui une chaussette sale sous le nez pour le stimuler.

Tu parles ! Quand il roupille, une armée de chats pourrait lui passer sous la truffe sans qu'il réagisse. En plus, il pète en dormant ! Trop dégueu.

Tu vas t'asphyxier en plus de te noyer ! J'appelle les pompiers.

MDR. Faut que je m'y remette ☹ Merci pour la récré !

De rien, j'ai juste fait mon boulot de chevalier dévoué.

Ahahah ! Je t'adore ! Bonne nuit, Poussin.

Bonne nuit.

Elle m'adore…

T'emballe pas, Sol, et travaille !

Elle l'a écrit.

ELLE M'ADORE.

Laisse tomber les maths si t'es pas d'humeur, mais termine au moins ton rapport de stage.

Elle m'a dit que je lui manquais.
Arrête de te faire des plans et bosse !
OK...
Je dialogue avec moi-même... Ça devient grave.

33

Il a plu toute la nuit, la terre dilate ses pores, les végétaux tremblent et ruissellent. Sous la lavande, à côté du portail, deux escargots sont lovés, spiralés, imbriqués en eux-mêmes, nimbés d'écume blanche.

Sol place délicatement le mors dans la bouche d'Homère, lui fait humer sa selle, la pose sur son dos, ajuste la sangle.

— On y va, mon prince ?

Le cheval dresse ses oreilles vers l'avant, attend que le garçon soit sur son dos pour mener la danse. Il trotte sur le chemin, souffle doucement, accorde sa foulée à la polyphonie des insectes, des oiseaux et des arbres. Petit à petit, son cavalier se métamorphose, il fait corps avec l'animal, embrasse le monde, s'échappe des horizons limités, touche l'infiniment loin, l'infiniment secret. Renaît encore et encore, renaît chaque matin.

Maintenant, Sol sait ce qu'est le vent. Une force conquérante, l'esprit des courants invisibles. Non pas ceux où l'on se noie, mais des prairies de souffles, des collines d'air, des rafales porteuses. Il les survole et, de tout son être, absorbe l'haleine du ciel.

Merles, martinets et bergeronnettes trillent *a cappella*, les alouettes leur répondent, puis les mésanges, les rossignols et d'autres encore. Mille bruissements et fredonnements se mêlent à leur chant. Le vent comme la pluie n'est que silence, mais il aime se faire entendre en agitant les feuilles et les branches. Si Sol ferme les yeux, il lui dessine le paysage et le révèle à lui-même.

Homère enseigne la nature à son cavalier et la nature l'ouvre au monde et à ceux qui l'habitent. Sol songe à son univers étroit qui s'est élargi ces derniers mois. Il pense à madame Brahim, à Émile, à Louise. À Jade, à Nathalie. À Mélissa et Tatepa. Il pense aux vieux qui guettent l'au-delà tous les après-midi et attendent patiemment la mort sur les banquettes en skaï abricot.

Il pense à sa mère et aux dimanches de son père.

Il ressent un fourmillement, un élancement dans sa chair, comme quand le sang revient dans un membre engourdi.

Sa mère, les dimanches de son père…

Son cœur est une chrysalide qui remue faiblement, une larve devenue nymphe parcourue de séismes latents.

Les dimanches de son père.

Sa mère…

34

Melvin se réveille aux aurores, s'extirpe de son lit trop vite, se cogne l'orteil contre le pied du sommier, pisse à côté de la cuvette, se lave les cheveux au gel douche, le corps au shampoing, s'ébouillante en dosant mal le mitigeur, se rase en se coupant (ou le contraire – ce qui équivaut au même résultat balafré sur sa mâchoire). Puis, pour parfaire la guigne qui le frappe ce matin, il renverse sa tasse de café sur les babouches jaunes que son ami Youssef lui a rapportées de Marrakech l'été dernier. Il se précipite pour attraper l'éponge, dérape, se rattrape au premier machin susceptible de lui éviter la chute, et CRAC. Foutues les babouches, explosé le robinet.

Ne te mets pas dans cet état, Melvin, c'est juste un cheval, il ne va pas te bouffer ! (Lui aussi dialogue souvent avec lui-même.)

Peut-être, mais ce n'est pas n'importe quel cheval, c'est celui de Sol. Je n'ai pas envie de tout faire foirer.

Il est d'accord pour l'aimer, ce cheval, d'ailleurs c'est déjà le cas. Mais si ce n'est pas réciproque, comment le supportera-t-il ? Et Sol ? S'il s'éloignait de nouveau ? Il ne pourrait pas le tolérer. Il s'est habitué aux ciels sans orage, aux horizons sans buisson. Incrédule et émerveillé, il observe l'effritement progressif des remparts, se faufile par les portes entrebâillées. Il a besoin d'espoir.

Dans la Clio pour aller à Bagny, il est toujours aussi fébrile, même s'il affiche un visage serein. Sur le siège passager, Sol reste silencieux. À la fois inquiet et impatient. Pour lui, ce n'est pas rien de présenter Homère à son père. Un malaise s'installe, pétri de résistances qui n'en finissent pas de résister. Sol a envie de raconter à Melvin la force et la douceur d'Homère, son corps chaud, ses muscles puissants, les aubes anisées de fenouil sauvage, les cailloux qui roulent sous les sabots, la crinière comme une chevelure de vent, le remue-ménage des moineaux, le récital des abeilles, la sensation de liberté, l'esprit qui s'élève, transforme les chaînes en ailes. Mais il se tait.

Melvin allume la radio, un tube à la mode envahit l'habitacle, Sol change de fréquence. *L'Oiseau de feu* déploie son éventail, Ravel colore le silence.

— J'écoute souvent cette station avec madame Brahim. Elle aime bien.

— Madame Brahim ?

— Une résidente des Bleuets.

Les chevaux sont au pré, les jambes au frais.

— Pa', Homère. Homère, mon père.

Les oreilles du cheval entrent en danse. L'œil noir teinté d'un reflet acajou examine le nouveau venu.

Sol est tendu, il le ressent et s'alerte. Et la nervosité de l'humain inconnu à côté de lui, il la perçoit aussi. Ses anciennes peurs ressurgissent, s'empreintent à l'intérieur de son crâne, il recule instinctivement.

Il fut un temps où il craignait son ombre et l'ombre de son maître. Le fouet ne le touchait jamais mais sifflait autour de lui, griffait l'air, cinglait le sol en faisant gicler le sable sur ses sabots. Le terrorisait. Tout comme l'arène, le vacarme des violons, des cuivres et des cymbales qui explosaient dans les enceintes, celui des pieds furieux du taureau. Le maître avait une odeur aigre et entêtante, la poigne dure, le talon impitoyable. Il vibrait de tensions contenues, comme cet humain inconnu.

Homère a raison. Melvin est loin de l'extase contemplative d'un moine tibétain. Il ne sait absolument pas quoi dire. « Salut Homère », « Bonjour, mon joli », « Très heureux de te rencontrer » ?

Sois toi-même, au lieu de stresser ! Tu n'es pas obligé de parler, tu le regardes et tu lui livres ce que tu as sur le cœur, allez !

Melvin hésite, plonge son regard dans celui du cheval, se dépouille.

Alors voilà, Homère, je crève de trouille, mais je ne te veux aucun mal, bien au contraire. Je suis seulement un père qui voudrait serrer son fils dans ses bras. On a du mal à communiquer, lui et moi, mais depuis qu'il te connaît, on avance. Rien n'est encore fait, tout est fragile. Si tu m'accordes ta confiance, ce sera plus facile.

Il tend la main. Le cheval le toise, couche ses oreilles, secoue la tête en soufflant bruyamment, retrousse ses lèvres sur ses dents.

La main de Melvin ne se retire pas.

Sol se décrispe et retient un sourire devant l'ingénieuse mise en scène. C'est la première fois qu'il assiste au cinéma d'Homère. Incroyable ! Avec sa tête d'anguille démoniaque, il mériterait l'Oscar du meilleur acteur. Il glisse un regard vers son père, droit dans ses baskets même s'il a l'air complètement flippé.

Tu comptes le tester longtemps comme ça ? murmure-t-il silencieusement à son cheval.

Homère lui lance une œillade, redresse ses oreilles, abandonne son look de hooligan, tend le cou, renifle les doigts de Melvin. C'est bon, aucune menace, l'humain qui ressemble à Sol n'est pas dangereux. Le passé houleux s'efface, retour au présent.

— Ils se sont bien trouvés, tous les deux.

Leïa s'accoude à la barrière à côté du père de Sol.

— Ça oui, souffle Melvin. Ils sont magnifiques.

Il observe son garçon et Homère s'entraîner dans la carrière et ne trouve pas les mots pour décrire ce qu'il ressent. Où Sol a-t-il appris à monter comme ça ? Son corps semble libéré de toute entrave. Ni vagues ni tempêtes, une immense paix, une fièvre douce, une joie aux parfums de sous-bois et de ciels étoilés.

Leïa capte son regard.

— Les chevaux ont la capacité de nous relier les uns aux autres, de nous rapprocher de la nature, de nous faire vivre des instants d'échanges uniques.

— Je n'y connais pas grand-chose, mais quand je vois mon fils et Homère, je suis d'accord avec tout ce que vous venez de dire.

Elle rit.

— Quand on s'est installés ici avec notre projet d'écurie alternative, tout le monde nous a pris pour de doux rêveurs, mais aujourd'hui, la pension affiche complet et nos stages attirent pas mal de monde.

— Qu'est-ce que vous faites, exactement ?

— On respecte les besoins naturels du cheval, la vie en groupe, la stimulation du mouvement, l'alimentation ininterrompue, la liberté d'accès à des zones de jeux et de détente…

Elle désigne un bâtiment ouvert, à l'écart du reste des installations.

— Nos pensionnaires ont même un dortoir pour faire la sieste la journée.

— S'ils ont de la nourriture à volonté, ils ne risquent pas de trop manger ? demande Melvin.

— Il y a un filet autour du distributeur à foin, ils ne peuvent prendre que des quantités raisonnables.

— C'est drôlement bien. Si tous les humains étaient traités ainsi…

— Sol nous a dit que vous travaillez dans l'entretien ?

— Oui, dans une usine d'agroalimentaire. Rien à voir avec votre paradis.

— On recherche un palefrenier pour remplacer Evan à partir d'octobre…

— Je n'ai aucune expérience avec les chevaux.

— Tout s'apprend, réfléchissez-y.

Melvin passe une vitesse, dépasse un cycliste.

— Je l'adore, ton Homère, dit-il.

— Il est beau, hein ?

— Extraordinaire ! Merci de m'avoir permis de le rencontrer, c'était un chouette moment.

— Tu ne disais pas ça quand il t'a fait le coup du cheval féroce !

— C'est vrai, mais sans vouloir me vanter, je crois qu'il m'aime bien maintenant.

— Je confirme.

— Je pourrai revenir le voir de temps en temps ?

Sol tourne la tête, scrute le profil de son père.

— T'as pas envie de changer de vie ? D'abandonner ton boulot pourri pour bosser chez Leïa ?

Melvin manque griller un feu rouge, écrase la pédale de frein. La Clio bondit et cale brutalement. Les doigts tremblants, il relance le moteur.

— Je sais que ça te fait bizarre qu'on se parle, souffle Sol. Moi aussi, je ne suis pas encore habitué.

Son père lui sourit et murmure :

— Ça me fait surtout plaisir. Plus que ça, même.

35

La nuit n'en finit plus de caniculer, le carrelage autour du lit de Sol est un cimetière de moustiques.

Son téléphone vibre, un message de Mélissa.

Donjon à tour, me recevez-vous ?

Cinq sur cinq, Cendrillon.

Il se marre silencieusement en imaginant la tête de Tatepa s'il pouvait lire ses textos.

Tu ne dors pas ?

Si, mais je suis capable de te répondre en même temps. Don de polychronie.

Tu parles comme un dico, Poussin.

Jade, ma collègue de l'EHPAD, dit tout le temps qu'on est polychrones. Elle trouve multitâches insultant.

J'ai fini Racine, j'attaque Rimbaud.

Il se rappelle un poème appris par cœur l'hiver dernier :

A noir, E blanc, I rouge, U vert, O bleu : voyelles
Je dirai quelque jour vos naissances latentes
A, noir corset velu des mouches éclatantes
Qui bombinent autour des puanteurs cruelles.

Poussiiiiin !!!!!

Quoi ?

Tu cites par cœur un poème d'Arthur à 1 h du mat' !

Il disait des trucs puissants et il avait un bon flow, ce mec.

Je pleure de rire. La tronche de ma prof de français si elle te lisait !

Comment tu connais Solomon Burke ?

Mon père adore.

Moi aussi !

Sérieusement ? Tu écoutes Solomon Burke ?

Sol rigole.

Pas moi !! Mon père !!

Ah ah ah ! Assume tes goûts !

Tu ne m'as pas dit que tu kiffais Dalida ?

☺

Tu te sens prête pour ton oral ?

Il me reste moins de 72 h pour potasser, j'angoisse. C'est demain ton dernier jour d'exam ?

Ouais. J'ai pas assez révisé les sciences et les maths, je vais me planter, je l'aurai pas.

Bien sûr que si !! Même si tu foires les matières scientifiques, ta note de stage et les épreuves pro de la semaine dernière rattraperont ta moyenne. Je t'ai vu avec la petite mamie, l'autre fois, tu es doué pour ce métier !

Manier la chiffonnette dans un EHPAD ???

Non, t'occuper des personnes âgées.

C'est pas l'objectif de mon CAP.

Ben, tu devrais y penser pour après. Pourquoi tu n'enchaînerais pas sur une formation d'aide-soignant quand tu auras validé ton diplôme de chaman du logis ? (J'ai pas trouvé le masculin de fée !)

J'ai mieux : sorcier de l'entretien !

Bof, je préfère djinn de la serpillière.

Finalement j'aime bien chaman du logis, c'est tout à fait moi.

J'approuve. Mystérieux et magnétique...

Sol tarde à répondre, il finit par se décider.

Tu fais quelque chose samedi ?

On doit se voir avec Matthieu, Victor et Eva pour fêter la fin du bac.

OK.

Mais on peut reporter à dimanche. Qu'est-ce que tu proposes ?

Tu pourrais venir avec moi au Havre de Leïa.

Trop beau, ce nom, j'accepte !

Il compose son numéro, elle décroche aussitôt. Il s'esclaffe.

— Tu es d'accord pour aller dans un endroit sans savoir où il se trouve ?

— Où c'est ?

— À Bagny.

— Mon père va acheter des œufs dans une ferme là-bas, ça me convient.

— On y va à vélo ?

— Quelle heure ?

— 9 heures chez toi ?

— Parfait.

— Tu ne demandes pas ce qu'on va faire ?

— J'aime le mystère…

Sol l'entend respirer de l'autre côté.

Elle ajoute :

— J'aime bien le magnétisme aussi. À samedi !

— À samedi, Mélissa.

36

Il franchit les portes du centre d'examen, les paumes plus moites que des serviettes de hammam.

Il y a quinze jours, avant de les lâcher à la fin du dernier cours, leur prof principal leur a conseillé de bien répondre à toutes les questions en maths-sciences, de ne laisser aucun espace vide pour montrer qu'ils faisaient des efforts. D'écrire au moins une page recto verso en français, et de rédiger des phrases les plus courtes possibles en anglais.

Il a paniqué la classe entière quand il a déclaré : « Vous allez réussir, je crois en vous », alors qu'il leur avait hurlé toute l'année qu'il n'avait jamais rencontré d'élèves aussi médiocres. Ses vœux de réussite sonnaient comme les paroles hypocrites de réconfort que l'on murmure à l'oreille d'un condamné. Un glas funèbre.

Sol cherche sa salle, s'assoit derrière la table avec le moral d'un bison cerné par une bande de chasseurs néandertaliens.

La première épreuve d'anglais lui redonne un semblant de confiance. À force d'écouter du rap américain, il a acquis du vocabulaire. Le texte à analyser ne lui paraît pas complètement inaccessible.

Les maths et les sciences le replongent dans des abysses de désespoir. Il noircit les feuilles au hasard.

Il parvient à caser quatre vers de Rimbaud dans sa copie de Lettres-Histoire sans trop s'éloigner du sujet. Avec un peu de chance, le correcteur sera sensible à la poésie.

Il détale sitôt la dernière épreuve passée, enfourche son vélo, pédale comme un forcené.

Message de Mélissa :

Alors ?

Il attend d'être arrivé à Bagny pour répondre.

Maths = cata +++. Français/anglais = Je ne sais pas.

Je suis confiante, tu l'auras.

Si je le rate, je me fais ermite. J'ai déjà commencé à travailler mon nouveau look.

Il lui envoie un selfie du haut de son visage pris en gros plan derrière la crinière d'Homère.

Han !!! Tu t'es laissé pousser la barbe ? On dirait un zombie sarcophagé du 15e siècle avant JC.

Je savais que ça te plairait.

37

Les doigts de Mélissa fourragent dans la crinière d'Homère.

— Ta barbe d'ermite, c'était lui !

Sol sourit.

— En fait, je ne m'étais pas trompée, tu es un vrai chevalier.

Dans n'importe quelle autre bouche la phrase semblerait puérile, dans la sienne, elle sonne naturellement.

Elle n'a pas voulu savoir où ils allaient quand il est venu la chercher sur son destrier au guidon taché de rouille.

— Ne m'explique rien, Poussin. C'est comme si on partait à l'aventure !

Ils n'ont pas emprunté la nationale mais les chemins forestiers pour commencer. Puis ils ont continué sur une route de campagne étroite, au goudron décoloré à force de saisons, de soleil, de pluie et de neige.

Ils pédalaient côte à côte, silencieux, entre les champs de blé aux jeunes épis vert citron vert, vert jaune rizière.

La voix de Mélissa s'est élevée. Elle chantait très bas. Un froissement de soie.

Sol a senti l'émotion le traverser. Il s'est laissé distancer, a pensé au vol des grues cendrées.

C'était une mélopée lente, nuancée, d'une infinie pureté.

Il a songé aux ailes immenses battant sans hâte, estimant la portance du vent.

Le chant a enflé, intense, vibrant. Mystique.

Les jambes de Sol poursuivaient leur mouvement mécanique, il n'était plus sur sa selle, naviguait entre ciel et terre, homme-oiseau sur volute d'ange.

C'était beau à pleurer.

Quand elle s'est tue, il a atterri en douceur, a repris possession de son corps.

— C'est un chant religieux, a dit Mélissa, *Cum Dederit* de Vivaldi.

Elle a ralenti pour se remettre à sa hauteur.

— Quand je le chante, je me transporte à Venise. J'imagine le rythme calme de la rame qui porte la barque, le souffle du vent, le chant de l'eau dans les canaux, la réverbération des bruits de la vie sur les façades des palais défraîchis, et quelqu'un qui chante, seul sur un pont. Tranquille, en paix.

— Oui, c'est ça, a soufflé Sol. En paix.

Les oreilles attentives, Homère broute avec gourmandise l'herbe qui s'offre à lui.

— Tu es le plus magnifique cheval que j'aie jamais vu ! décrète Mélissa.

— Le plus beau du monde ! renchérit Sol.

La jeune fille tourne la tête vers lui, le regard malicieux.

— Tu t'appelles Sol, tu aimes la folie de Rimbaud, tu prends soin des vieilles dames en robe grise et tu possèdes un cheval géant dont je viens de tomber amoureuse.

Son sourire s'élargit.

— Tu n'es pas bavard, mais je commence à savoir pas mal de choses sur toi, Poussin !

Sol pose une main sur l'encolure d'Homère.

— Allez viens, glouton, on bouge…

Ils marchent à la même allure au milieu du champ. La fille, le cheval, le garçon.

Sol regarde droit devant lui, ses épaules se détendent, il commence à voix basse :

— Mon meilleur pote s'appelle Tatepa, c'est plus qu'un pote, c'est mon frère...

Il raconte l'enfance, les rires et l'insouciance. Mélissa ne l'interrompt pas.

Il se tait un instant. Un long instant. Elle l'encourage du regard. S'inquiète du voile qui obscurcit le sien.

Il prend sa respiration et pose des mots sur le matin de cauchemar, le gouffre, la déchirure, la souffrance, le mutisme, les remparts et la rancœur.

Tant et tant de douleur.

Les nuits avec Cheval, les dimanches de son père.

Les années à faire le con au collège, à cavaler dans le tilleul. Et Tatepa, sentinelle.

Homère boit goulûment, le nez dans un ruisselet, ils repartent. Le cheval, le garçon, la fille.

Sol explique les Bleuets, les vieux, leurs râles de déments, la peau sur les os, l'odeur douceâtre et écœurante, les prunelles décolorées à force de saisons, de rires, de pleurs et de frissons. Il raconte son mépris, son dégoût, sa haine presque. Émile, Jade, la dispute dans la réserve et quelques heures plus tard, l'apparition de la fille au visage constellation.

Il le dit : « La fille au visage constellation. »

Il continue.

Le rodéo, l'ange qu'il a cru mort.

L'hôpital.

L'attente.

L'abîme, la terreur, les yeux bouffis d'Iris, le gravier dans la gorge de Patrice, l'orage, les épines, la sortie du coma, la peine immense pour Tatepa.

Homère hennit, file au galop. La main de la fille se glisse dans celle du garçon.

Sol dit l'absence du frère, les premières lettres, les semaines grises. Puis, un mercredi, les doigts de madame Brahim sur son bras. Puis, le cadeau de Tatepa.

— Voilà pourquoi Homère est le plus beau cheval du monde.

Ils le regardent revenir au petit trot.

La tête de la fille contre l'épaule du garçon.

38

Sol !

Ça y est !

J'arrive à passer de mon lit à cette putain de chaise roulante sans aide.

Tu verrais les biceps que j'ai ! À ce rythme, l'année prochaine je tente les championnats de culturisme handisport. Ça existe ! Le champion d'Europe est amputé des deux jambes, et son pseudo, c'est Bionic Body.

Tu sais ce que je vais faire dès que j'aurai terminé de t'écrire ? Je vais aller prendre un bain ! Le luuuuxe !

Ici, ceux qui ne sont pas capables de se transférer seuls dans la baignoire peuvent toujours courir (humour moisi d'handi) pour que le personnel soignant prenne le temps de les aider à barboter.

Tu pourrais dire à ma mère que je suis bodybuilder, pas vahiné ? Elle m'a apporté du gel douche à la fleur de tiaré !

C'est quand les résultats du CAP ? Flippe pas, tu vas l'avoir !

Allez, la bise à Homère et à Mélissa qui aime les mangues.

Tatepa, ton pote qui mousse déjà.

Tatepa,

Bodybuilder, je trouve que c'est une meilleure option que déboucheur de chiottes. Si tu cherches un manager, pense à ton pote !

Franchement, bravo pour le transfert lit/putain de chaise. Je sais ce que ça représente comme effort. Aux Bleuets, il y a un résident en fauteuil et je vois comme il galère. C'est Émile (le concombre galant). Il est comme toi : héroïque.

Mon héroïsme (en sachant que tu es à 10 sur une échelle de 10, et moi à 0,25) : dimanche dernier, j'ai rencontré les potes de Mélissa.

Tu me connais, j'étais complètement speedé.

Ils sont hyper sympas, drôles, un peu fous, on s'est gavés de merguez et… de mangues ! Faut que tu goûtes, c'est le paradis dans la bouche, ce fruit. La texture qu'il a ! On dirait du velours.

Son meilleur ami s'appelle Matthieu, c'est un grand baraqué, genre Bionic Body mais blanc, avec des doigts comme des cigares. Il joue de la clarinette et il nous a fait une version hip-hop de Cry to me de Solomon Burke. C'était géant.

Bref, j'ai passé une super journée, je suis trop con de tout le temps stresser.

Les résultats de l'exam = trois semaines. Je décède d'angoisse.

Je te fais passer un gel douche « fraîcheur du Grand Nord ». Tu pourras te prendre pour un ours polaire dans ta baignoire.

Hier, j'ai galopé pour la première fois. Homère a changé d'allure sans prévenir, il a dû juger que j'étais prêt.

Par moments j'ai l'impression que ce cheval, c'est mon destin. Pas celui que je cherchais, celui qui m'attendait.

Ce galop, c'était... Y a pas de mot.

J'ai raconté ma vie à Mélissa. Toute ma vie. J'ai pas réfléchi, j'ai parlé. J'étais prêt pour ça aussi. Cette fille m'éclaire. Je ne sais pas expliquer ce que je ressens. Elle écoute, elle entend, elle comprend, elle rit tout le temps. Elle me libère.

En même temps, j'ai un peu honte de m'être lâché comme ça, j'ai pas envie de l'effrayer avec mes problèmes, j'ai peur qu'elle me trouve minable, je ne sais plus trop où j'en suis.

Tu dois te dire que je ne change pas, que je suis tout le temps en train de fuir la vraie vie.

Vivement la fin de l'été qu'on se voie.

Je t'admire, mon frère, et je t'aime.

Ne lâche rien. Tu vas y arriver.

Sol

Sol,

Ce matin, j'ai été dans la salle de kiné du rez-de-chaussée.

Il y a une glace qui tient tout un mur. Je ne m'étais jamais vu en entier depuis 3 mois, depuis l'accident en fait.

Je déclare forfait pour le culturisme, je ressemble autant à Bionic Body qu'un haricot à une fusée.

Je suis passé de 1,80 m à 1,35 m. Je ne me rendais pas compte que les vingt kilos en moins m'avaient transformé en asperge. Je suis mou comme une asperge, maigre comme une asperge et j'ai la même couleur.

Ma tronche de phase terminale m'a miné le moral.

Excuse, tu m'écris des trucs dingues et moi, je me plains.

Mélissa a l'air d'être une fille formidable. Je suis sûr qu'au fond tu as compris que ce que tu ressens pour elle, c'est peut-être un peu plus que de l'amitié.

Ce que je veux dire, c'est que ce que tu vis en ce moment, même si ça te semble trop rapide, trop fort, trop grand, faut pas t'en priver. Parce que c'est super beau et important. Doute pas, mon pote, te renferme pas, arrête de faire marche arrière. Même si c'est pas facile, fais-toi confiance et fais-lui confiance à elle. Prends le temps qu'il faudra, ça va aller.

Tu me manques, je voudrais te voir, mais j'ai pas envie de te montrer ma gueule de légume. On va attendre que je me retape encore.

Je ne vais rien lâcher, je te le promets. Même si je râle aujourd'hui, t'inquiète pas pour moi, c'est la preuve que je suis vivant.

Moi aussi, je t'admire. Moi aussi je t'aime.

Et moi aussi, je veux être amoureux un jour. Et goûter aux mangues.

Ton frère, Tatepa.

39

Sol pousse la porte du hall d'entrée, il est en avance, madame Brahim n'est pas encore descendue. Il allume distraitement la machine à café dans la salle du personnel et arpente la pièce de long en large. Chaos dans sa tête, moonwalk dans son cœur, soleil sur ses lèvres. Un vrai petit roman à l'eau de rose à lui tout seul. Depuis qu'il a lu la lettre de son pote, une seule question le préoccupe : est-il amoureux de Mélissa ?

Il l'aime un peu, oui, c'est sûr.

Bon d'accord, plus que ça.

Quand elle est à côté de lui, il se sent tellement… il pourrait déplacer des montagnes, rien que pour le plaisir.

Est-ce que c'est ça, tomber amoureux ? Se sentir à la fois dieu et enfant, brindille et titan ? Vivre un perpétuel tremblement de terre, rire de tout avec la subtilité d'un gnou, avoir l'impression que le mal n'existe pas, que les problèmes n'en sont plus, que la vie scintille, que les flaques de boue se poudrent d'or ? Brûler d'une flamme intérieure, avoir le cœur qui bascule, le corps de guingois, ne penser qu'à l'autre, la tête envahie par son image, la bouche pleine de mots qu'on aimerait lui chuchoter, de paroles qu'on voudrait l'entendre nous murmurer ? Avoir peur, être en liesse, vivre plus vivant ?

Il garde le souvenir de la paume de Mélissa contre la sienne, de leurs doigts enlacés, de sa tête sur son épaule. Il aurait voulu que cet instant ne cesse jamais.

T'emballe pas, se répète-t-il, *pour elle, c'était peut-être seulement des gestes de réconfort.* N'empêche qu'il aimerait se tromper, sans vraiment se l'avouer. Il est tout en retenue, Sol, tout empêtré de lui. Il a l'impression d'avoir un terrain vague à la place du cerveau.

Il attend que les dernières gouttes de liquide s'écoulent dans la tasse, la pose sur la table, absorbé par ses pensées. Tatepa a raison, il faut qu'il arrête de s'étouffer perpétuellement, qu'il laisse de la place au bonheur, comme dirait Émile. C'est pas simple…

Il boit son café, lave sa tasse et retourne à l'accueil. Connasse n'est pas encore arrivée, toujours personne sur la banquette en skaï abricot.

Des portes claquent dans les étages, les premiers cris s'échappent des chambres. Pour certains dépendants, le réveil est une torture, chaque jour qui s'annonce un nouveau supplice. Sol a beau s'être blindé, ça le secoue toujours autant de les entendre se battre contre leurs démons invisibles.

Il prépare son charriot, sifflote pour ne plus entendre leur détresse, croise Nathalie en revenant des cuisines.

— Bonjour, Sol ! Dis donc, tu es matinal !

— Ben oui, tu vois. Je peux plus me passer des Bleuets.

Sa cheffe éclate de rire.

— Tu as déjà remonté madame Brahim ?

— Non, justement, je ne l'ai pas vue, j'allais commencer par sa chambre.

Un pli soucieux barre le front de Nathalie.

— Bizarre... Je vais prévenir Gaby.

— D'accord, lance-t-il en poussant son charriot dans l'ascenseur. De toute façon, s'il y a un souci, je sonne.

Il toque à la porte et entre dans la chambre. Les infirmières sont au premier, personne n'est encore passé, la pièce est plongée dans l'obscurité.

— Bonjour madame Brahim, dit-il tout bas, c'est Sol.

Il remonte les volets, se retourne et se décompose. Un cri s'étrangle dans sa gorge. Il n'a pas besoin de la toucher pour savoir qu'elle est partie. Elle se fond dans les draps, paupières creuses, bouche aspirée. Sol s'accroche au montant du lit, la tête lui tourne, son corps se pétrifie. Il se laisse tomber comme une masse sur le fauteuil à côté de la table. Sa main tâtonne, il allume la radio en tremblant. Erik Satie se glisse dans la chambre… une valse lente et fragile. Les prunelles sombres, le garçon guette. Il ne peut s'empêcher d'espérer. Les doigts de la vieille dame demeurent inertes.

Sol voudrait fuir, s'évader de la 222, ne pas se souvenir.

Il a sept ans, se pelotonne contre sa mère sur le canapé. Il s'est réveillé tôt et l'a trouvée endormie entre les coussins. « Debout, mamounette, j'ai faim ! » s'est-il écrié comme tous les matins. Elle est restée immobile. Il a essayé de la réveiller, a tiré sur sa main qui est retombée mollement. Il a eu peur. Un peu. Puis de plus en plus. Il a passé ses petits bras autour de son cou en collant sa tête contre sa poitrine et l'a serrée très fort contre lui. Il lui a chuchoté toutes les chansons qu'il avait apprises depuis la maternelle. Le téléphone n'arrêtait pas de sonner, mais il n'avait pas envie de l'abandonner pour aller répondre.

« Une souris verte qui courait dans l'herbe... Mamounette, réveille-toi... Je l'attrape par la queue, je la montre à ces messieurs... Tu peux me préparer mon cacao s'te plaît ? Ces messieurs me disent, trempez-la dans l'huile... Mamounette, c'est l'heure de se lever... Trempez-la dans l'eau, ça fera un escargot tout chaud. »

D'habitude elle fredonnait la dernière phrase avec lui. Il a senti que ce n'était pas normal, cette maman qui dormait si fort. Il s'est littéralement fondu en elle, n'a écouté ni la mélodie entêtante du téléphone, ni la sonnette de la porte d'entrée. La seule chose qu'il essayait désespérément d'entendre, c'était les battements de cœur de sa mère.

Il regarde madame Brahim, minuscule et livide, broyée par le grand dieu des petits vieux.

Il se mord les lèvres et éteint la radio au moment où Gaby entre dans la chambre.

La nouvelle se propage comme une traînée de poudre à travers les étages et une chape de plomb s'abat sur les Bleuets. Quand la mort frappe à l'EHPAD, chaque résident se demande s'il sera le prochain sur la liste. Certains se ratatinent davantage dans leur lit, d'autres se lèvent, saisis d'une soudaine énergie. Comme si se mettre à la verticale les protégeait de l'horizontalité éternelle.

Toute la matinée, Sol lutte contre l'orage qui menace de nouveau dans sa tête. Il accomplit ses tâches mécaniquement, s'acharne sur son balai, la mâchoire contractée. Le nuage d'épines lui lacère le ventre, retour de l'apnée. Pendant la pause déjeuner, il ne peut rien avaler, Jade non plus.

— Pourquoi elle est partie comme ça ? lâche-t-il, les poings serrés sur la table. Je comprends pas, elle allait bien, hier !

— Elle avait quatre-vingt-treize ans, Sol, lui rappelle Jade en levant vers lui son visage aux traits tirés. Tu ne te doutais pas que ça allait arriver ?

— Ben non...

— Elle s'est endormie, elle n'a pas souffert. C'est le plus important, non ?

— Ça ne m'empêche pas d'avoir mal, dit-il dans un souffle.

Elle lui adresse un sourire désolé. Il colle sa tête entre ses poings.

— Comment tu fais pour supporter, toi ? demande-t-il d'une voix étranglée.

— Je ne supporte pas, répond-elle. À chaque fois, j'ai envie de tout laisser tomber, de déménager, de trouver un autre boulot…

D'un geste, elle essuie une larme qui roule sur sa joue.

— Je n'en peux plus de les voir partir, mais je tiens bon, pour les autres qui ont besoin de moi. Je me concentre sur la vie… enfin, j'essaie.

Elle ajoute dans un sanglot :

— Mais c'est dur, par moments… vraiment dur.

Il se lève pour la serrer dans ses bras. Ils restent longtemps enlacés, consolent comme ils peuvent leurs cœurs malmenés.

À la fin de la journée, Sol enfourche son vélo et pédale à toute allure jusqu'à Bagny. Il arrive au Havre de Leïa dans un état second, se précipite sur Homère, plonge son visage dans sa crinière, puis il le selle fiévreusement et l'entraîne à travers champs en marchant vite, tête baissée. À chaque pas, il enfonce avec violence ses talons dans l'herbe. Le cheval le suit au petit trot. Il finit par s'arrêter, hagard, au milieu d'un pré.

— Pourquoi je n'ai rien senti ? murmure-t-il. Je voulais lui tenir la main, qu'elle soit pas toute seule à la fin.

Il a l'impression que son corps pèse des tonnes. Homère renifle ses cheveux, fourre ses naseaux dans son cou, lui balance son souffle chaud entre les omoplates.

— Donne-moi ta force, mon prince.

Sol se hisse comme un naufragé sur son dos, ses jambes pressent les flancs et le cheval s'élance à fond de train. L'azur se confond avec la terre, tout devient horizon. Happé par la vitesse, Sol pousse un gémissement de bête blessée et s'enivre d'air, avale des goulées de vent, encore et encore jusqu'à ce que sa gorge s'assèche.

Les images tournoient. Il revoit les yeux vides de la vieille dame, la broussaille de ses cheveux, ses épaules étroites, son corps voûté, sa démarche balbutiante, et ses doigts fins qui pianotent leur petite symphonie. C'est ce qu'il voudrait garder, ce mouvement léger, trois temps suspendus qui s'évaporent dans les airs.

Ses talons accentuent leur pression et le cheval allonge encore la foulée, se déploie dans l'espace. Le vertige les envahit, ils quittent la pesanteur, chassent l'inertie, ne forment plus qu'un seul corps, un cri silencieux qui fend le paysage, une masse puissante de muscles et de sève en fusion. Ils mêlent leurs souffles, à l'unisson.

40

Ils regagnent l'écurie au pas, la peau humide de sueur, la respiration bruyante.

Sol vient de desseller Homère quand son téléphone vibre dans sa poche. Un message de Mélissa.

> Coucou Poussin ! On fait une soirée crêpes
> avec la bande, il ne manque que toi, tu viens ?

Il prend une inspiration, ferme les yeux un instant.

Il ne peut pas. Pas ce soir.

Il s'en sent incapable.

Et pourtant, il a besoin de légèreté et d'amitié. De se remplir les yeux de Mélissa, de retrouver l'insouciance, de s'amuser avec des gens de son âge, de lâcher prise, de boire un coup en écoutant de la musique, de redevenir jeune.

Il expire lentement. Ce soir, il y a urgence à vivre.

Attendez-moi, je suis le boss de la voltige de crêpes.

Mélissa vient lui ouvrir, vêtue d'un combishort et d'un tablier de cuisine couleur soleil. Elle est éblouissante.

— Salut, Poussin, c'est génial que tu sois là !

Elle lui fait la bise et les lèvres de Sol effleurent sa joue. Poussin électrisé. Poussin foudroyé.

Son chien bondit autour de lui avec la vigueur d'une pile à ressort, lui colle son museau aux fesses, en remuant la queue.

— Arrête, Pongo, le derrière de Sol n'est pas un gigot ! s'écrie Mélissa en pouffant.

Il devrait être mortifié mais un sourire extatique s'épanouit sur son visage de Ravi de la crèche.

Elle lui lance un regard amusé, un peu troublé. C'est ce qu'il s'imagine.

— Allez, viens ! dit-elle en l'entraînant dans la cuisine.

Les autres l'accueillent avec des exclamations de joie. Ils font sauter des crêpes pendant une heure. D'un flip de poignet sur le manche de la poêle, Sol leur fait exécuter des saltos dans les airs et ils rient à s'en décrocher la mâchoire quand Pongo réussit à en choper une au vol.

— T'es vraiment qu'un estomac à pattes ! s'amuse Mélissa en collant ses lèvres sur sa truffe.

À cet instant, Sol donnerait n'importe quoi pour prendre la place du chien.

Ils mangent dans le jardin, sous l'œil impavide de Sergio perché sur la branche d'un cèdre, trinquent à la bière et au Coca, rigolent en regardant les caricatures des profs sur le carnet de croquis de Victor.

— Elle est marrante, celle-là ! s'exclame Sol, en désignant le portrait d'une femme.

— C'est maître Yoda, alias madame Merle, notre prof de français, explique Mélissa.

— Au début, on voulait l'appeler Postillonne-Girl, murmure Eva.

— Mais comme elle est ceinture noire d'aïkido, continue Matthieu, et qu'elle est trop forte en yoga, on s'est dit que maître Yoda serait plus approprié.

— Au dernier cours, elle nous a fait le poirier sur son bureau, on était morts de rire ! raconte Victor.

— Tu es super doué, admire Sol en feuilletant son carnet. Ce serait génial que tu dessines les résidents des Bleuets.

Victor s'esclaffe.

— Tu parles sérieusement ?

— Ouais, ça les changerait de leurs ateliers pâte à sel débiles, je suis sûr qu'ils seraient à fond.

Il poursuit :

— Et puis on pourrait exposer tes portraits dans les couloirs, ça laisserait un souvenir d'eux quand ils s'en vont. Genre un truc qui consolerait ceux qui restent.

La fin de sa phrase s'étrangle, son front se plisse.

— Quelque chose ne va pas ? s'inquiète Mélissa.

Le regard de Sol s'assombrit, il baisse la tête.

— Aujourd'hui, une résidente est morte, lâche-t-il, on écoutait de la musique ensemble, elle s'appelait madame Brahim.

Sa voix s'alourdit.

— J'aurais bien aimé avoir un portrait d'elle.

La main de Mélissa se pose sur son bras.

— C'était la petite grand-mère avec toi le jour du spectacle ? demande-t-elle.

Il acquiesce du menton, la gorge serrée, ajoute dans un souffle :

— Désolé d'avoir plombé l'ambiance.

— Mais non, le rassure Matthieu, tu as bien fait de parler d'elle, elle était importante pour toi.

Victor laisse courir sa main dans la pelouse, pensif.

— T'as raison, dit-il, je suis OK pour venir dessiner à l'EHPAD. Je la trouve cool, ton idée d'expo.

Matthieu se lève et file à l'intérieur de la maison. Il en ressort presque aussitôt avec son étui à clarinette.

— On va lui jouer quelque chose, déclare-t-il en montant son instrument.

Il ajuste l'anche sur le bec.

— *Lucy in the Sky with Diamonds*, ça vous va ?

Mélissa cherche les paroles sur internet, tend son portable à bout de bras pour qu'ils puissent tous lire le texte. Matthieu lance les premières notes et ils chantent. Assis sur la pelouse, les yeux tournés vers les étoiles.

Sol se dit que les Beatles pour accompagner madame Brahim dans l'au-delà, c'est vraiment parfait.

Il se sent vivant.

41

Sol,

C'est très triste pour madame Brahim, je savais à quel point elle comptait pour toi. Mais je suis sûr que l'univers rempli d'étoiles lui va mieux que sa robe de chambre à nénuphars.

Ça me fait plaisir de te savoir avec Homère, Mélissa + ses potes. Pour un mec qui n'avait pas de vie sociale, tu t'es bien rattrapé.

De mon côté, c'est assez soûlant question relationnel. Sacha, le seul type de notre âge, est dans un sale état, paralysé de la tête aux pieds avec un respirateur branché H24. Bientôt un an qu'il est là et pas d'amélioration. Il ne peut rien faire par lui-même, même pas chasser une mouche sur son nez, on dirait le tétra d'Intouchables. Ça ne l'empêche pas de se marrer. Respect.

Sinon, la majorité des autres qui peuvent se déplacer sont nazes. Ils parlent que de leurs problèmes et me foutent le cafard. Ils font le guet sur leurs fauteuils devant l'entrée en enchaînant clope sur clope, je peux plus les voir. Il y en a même qui ont terminé leur rééducation depuis longtemps et qui continuent à venir au centre. Genre, ils manquent tellement de contacts humains qu'ils sont devenus accros à cet endroit de merde. Si c'est ça la vie d'un handicapé, je me tire une balle tout de suite.

Du coup, j'ai décidé qu'en septembre, je partirai d'ici pour de bon. J'ai mis le turbo à l'entraînement et les toubibs disent qu'à ce rythme-là, ça va le faire, que je pourrai continuer les séances de kiné chez moi. Je me tape tous les jours dix bornes minimum dans le parc et je suis de moins en moins crevé. En plus, j'ai trouvé comment escalader les trottoirs tout seul. Le wheeling, y a que ça de vrai ! C'était pas simple mais, ça y est, je maîtrise.

Là, je crâne, mais en vrai, ça me stresse de penser à la vie dehors. De toute façon, entre la trouille et l'envie, j'ai choisi.

Mon kiné du vendredi va me présenter son mec. Il est paraplégique comme moi et mécano moto. C'est pas un amateur, il bosse sur les prototypes MotoGP !!! Le truc de dingue ! Il passe sa vie à voyager, et apparemment il s'en sort pareil qu'un valide. J'avoue que ça me fait rêver.

Bon, allez, je te laisse, voilà le plateau-repas. Tu verrais la purée, on dirait du dégueulis. Luxe de ouf :

yaourt à la fraise pour le dessert. Avec des morceaux, MDR. Sérieusement, comment on peut servir des menus aussi merdiques à des gens qui sont censés reprendre du poids et du muscle ?

Ton frère qui en peut plus de la bouffe pourrie.

Tatepa.

42

Tatepa,

Les affaires de madame Brahim tenaient dans trois cartons. Son fils est venu les récupérer. Je m'attendais à un mec de l'âge de nos parents et en fait, il avait une canne et des cheveux blancs. Je ne pensais pas qu'un fils pouvait être si vieux.

Il y a une nouvelle résidente dans la chambre du deuxième étage. Elle s'appelle Blanche Toussaint, un AVC l'a rendue aveugle, elle ne peut plus marcher. Son mari vient la voir tous les après-midi. Il lui apporte des macarons à la pistache, la masse, la coiffe, lui raconte des histoires, Sol les entend rigoler ensemble du couloir. Dans la 222, l'amour a remplacé les violons, ça le console.

Le matin et à midi, il l'aide à manger. Elle est bavarde, ils papotent.

— C'est bien d'avoir gardé le moral et l'appétit, l'a-t-il félicitée.

— Quoi qu'il se passe dehors, il faut être bien dedans, a répondu Blanche, sinon tout fout le camp.

Sol a pensé à Tatepa en train de se fabriquer un dedans en or massif pour affronter l'extérieur.

... Trop hâte de te voir escalader les trottoirs, mon pote ! Tu vas t'en sortir, je te le promets, on va te soutenir.

Cette semaine a été incroyable : Mélissa et sa bande ont tout déchiré au bac français. Et moi... J'ai mon CAP !!!

J'en reviens pas. Les filles ont organisé un pot dans la salle du personnel pour fêter ça. Elles sautaient comme des balles rebondissantes en renversant du Champomy partout.

Le dirlo m'a confirmé qu'il me gardait en CDI après mes vacances, mais je crois que c'est pas ce que je veux. Mélissa m'a aidé à comprendre que ce qui me plaît, aux Bleuets, c'est les résidents. Pas ceux qui passent leur temps à nous prendre pour des punching-balls en nous insultant, mais tous les autres. Je me sens bien avec eux et même si c'est pas facile, ça me plairait de m'en occuper. (J'aurais jamais pensé t'écrire ça un jour !)

En sortant de la chambre de monsieur Mancini, Jade retient Sol un instant.

— Ça va ? Tu n'as pas l'air dans ton assiette, s'inquiète-t-elle.

— Je stresse un peu, j'ai rendez-vous avec le directeur dans une heure.

— Tu vas signer ton contrat ?

— Ben justement... tu penses qu'il serait d'accord pour me reprendre un an en alternance à la place du CDI ?

Elle le dévisage, stupéfaite.

Il s'explique :

— J'aimerais bien faire une formation d'aide-soignant l'année prochaine. Je me suis renseigné, je pourrais commencer au lycée pro à la rentrée.

Les yeux verts de Jade pétillent.

— Mais c'est génial ! s'exclame-t-elle.

Moonwalk dans le couloir.

— Je vais me porter volontaire pour être ta responsable de stage, comme ça je pourrais te torturer encore plus, gnarc, gnarc, gnarc !

Il s'esclaffe.

— Heu... Finalement, je vais peut-être laisser tomber l'idée !

Elle plante son regard dans le sien.

— Je ne te l'ai jamais dit, mais tu es un mec bien, Sol. C'est vrai qu'au début, on s'est pas mal clashés tous les deux, mais quand je vois comment tu t'occupes des résidents maintenant, je suis fière de toi, tu seras un super aide-soignant.

Il baisse les yeux, gêné. Mais dans sa tête, c'est la fiesta.

Sol,

Trop fort pour le CAP ! T'es le meilleur ! T'as raison, mon pote, je sens bien que tu kiffes tes vioques, alors bravo d'avoir le courage de continuer dans cette voie. Ils ont de la chance de t'avoir.

J'ai rencontré le mécano moto dont je t'ai parlé, on a discuté. Je veux faire comme lui, travailler un jour pour les Grands Prix. J'y arriverai, je me battrai pour ça. Il connaît quelqu'un qui peut me prendre en apprentissage dans son garage à Villeurbanne, mes parents trouvent ça cool, alors voilà, moi aussi je vais me lancer.

Finalement je crois qu'on n'aura pas des tafs de merde et des vies d'esclaves.

L'après-midi, Sol encourage les vieux agglutinés dans l'entrée à aller prendre le frais sous les catalpas du jardin. Il y a des papillons, des moineaux, deux ou trois pigeons, de quoi penser à autre chose qu'à l'attente de la fin qui arrivera bien assez tôt.

Ça fait deux semaines que Louise Danvers se charge de l'animation. Depuis qu'elle s'est amusée à lire un avenir radieux dans les lignes de la main de monsieur Kumar, les résidents veulent tous connaître leur destinée. Elle a confié à Sol qu'elle improvise complètement, vu que leurs paumes sont plus rayées que des vieux vinyles.

— Qu'est-ce que tu veux, l'espoir fait vivre, comme on dit, alors je leur invente des jolies choses.

Tandis qu'elle brode des longévités ensoleillées sur les lignes de vie, des miracles chamallows sur les lignes de chance et des romances caramel mou sur les lignes de cœur, Émile se marre derrière son journal. Il la trouve épatante, sa voisine, et il a l'impression qu'il ne lui est pas indifférent. Elle se met systématiquement à côté de lui à la chorale et pouffe dans ses mains quand il fait l'âne. Elle le rafraîchit, l'empêche de ressasser le passé, de penser au temps où il avait des pieds. Lorsqu'il est avec elle, il se projette et ça lui fait du bien.

— Tu pourrais pas m'enlever toutes ces affiches ? demande-t-il à Sol un matin, en désignant les posters sur ses murs.

— Ah bon ? Ça va casser l'ambiance, non ?

Émile se racle la gorge et lâche, l'air de rien :

— C'est-à-dire que j'inviterais bien madame Danvers à regarder le Tour de France avec moi.

— Elle aime le vélo ?

— Pour sûr ! Elle était championne départementale de cyclisme féminin dans sa jeunesse.

— Ah ouais, quand même…

Sous ses airs de mamie popote, elle est surprenante, Louise. Sol comprend mieux ce que Jade voulait dire quand elle lui expliquait que dans toute personne anonyme, il y a une histoire particulière, que nul n'est dénué d'intérêt et que c'est ce qui rend la vie passionnante. Qu'il faut toujours être curieux parce qu'à force de s'autocentrer, on a tendance à oublier que le bonheur, c'est les autres.

— J'peux pas la recevoir là au milieu, continue Émile, elle va penser que je suis un vieux pervers.

— Mais non, ça se voit tout de suite que vous êtes un gentleman ! s'amuse Sol.

Il dépunaise les posters et la pièce semble soudain très nue. Mais Émile est content. À quoi bon fantasmer sur des bimbos artificielles quand une championne en chair et en os vit dans la chambre d'à côté ?

43

L'été de Sol se dilate.

J'attendrai
Le jour et la nuit

Mélissa est en vacances au Brésil jusqu'au 31 août, il est en manque, écoute Dalida en boucle et se trouve pathétique.

J'attendrai toujours
Ton retour

Dès qu'elle lui envoie un message, son cœur bondit tel un jeune daim dans la rosée, il sort de son marasme, ses yeux clignotent et il ruisselle de joie. Il décortique chaque mot, chaque ponctuation, à la recherche d'un signe.

Brésil, 2 h 05
Poussin, help !!! Je me suis fait piquer par un truc immonde et je fais une réaction monstrueuse, regarde !

Suit un plan rapproché de son épaule droite, ornée d'une minuscule cloque rouge sur une étoile immaculée. Sol ressent une chaleur incroyable dans le ventre. Il aimerait poser ses doigts sur sa peau, sentir la soie sous ses lèvres. Ça lui fait un mal de chien d'être à 9 000 kilomètres d'elle.

Trouve-moi ce que c'est, cette bête trop moche ! Je voudrais insulter sa mère, merciii !

Elle joint une photo de l'insecte écrasé sur le carrelage. Beaucoup de pattes, des ailes froissées, un dard recourbé.

T'as vu ça ? Horrible ! Si je meurs, sache que je t'ai beaucoup aimé.

Pourquoi écrit-elle « beaucoup » devant « aimé » ? Pourquoi ?

France, 7 h 07
Mel, ne me quitte pas, moi aussi je t'aime !

Il hésite, ajoute « énormément » à la fin de sa phrase.

Elle envoie une autre image d'insecte.

Ça ressemble à ça, un triatome, une sorte de punaise de la mort qui transmet la maladie de Chagas. Han !!!

Il se fiche des bestioles, il veut une photo d'elle.

Je ne sais pas pourquoi j'attire toujours des parasites chelous. C'est pas comme ça que j'ai envie d'être butinée !

Ah ouais ? Elle veut dire quoi par là ? Il n'en peut plus de décoder ses textos cryptés. Il tape :

Et ta piqûre ? Ça enfle ?

Elle renvoie un gros plan de son épaule, le point d'impact du dard est devenu minuscule.

Bon, j'avoue, c'est pas si terrible, j'ai peut-être un peu exagéré. Bisous Poussin ! ♥

Elle a mis un cœur. Rouge. Le langage des cœurs est-il le même que celui des fleurs ?

Sol fait alors un truc complètement improbable. Il embrasse la photo sur son portable. Ben oui… l'amour, quoi.

Besame, besame mucho
Cette chanson d'autrefois je la chante pour toi
Besame, besame mucho
Comme une histoire d'amour qui ne finirait pas

Nuit mauve. Presque boréale.
Le garçon marche à côté du cheval
Accorde son pas à celui des sabots
Déroule des nuées de mots
Des vagues
Intarissables
Parle d'elle à son cheval
D'elle, d'elle, parle
Passe son temps à ne pas l'oublier.

Louise séjourne à Aix. En Provence, pas les Bains. Sol a aperçu son fils, sa belle-fille et son petit-fils quand ils sont venus la chercher. L'ado avait l'air un peu off, c'est vrai, avec des cheveux comme un plumeau et des yeux plus flous qu'éveillés, mais il a aidé sa grand-mère à s'installer dans la voiture. Il a bouclé sa ceinture de sécurité et a veillé à ce que son gilet ne se coince pas dans la portière. Il y a des gestes de rien du tout qui signifient beaucoup.

Depuis son départ, Sol s'inquiète. Émile a un gouffre dans le bide, un château en ruine dans la poitrine, et il fait le pitre pour que ça ne se remarque pas. Sauf que lui, il le voit, même s'il ne vient aux Bleuets que de temps en temps pour ne pas le laisser seul. Il est en congé à l'EHPAD et a trouvé un job de serveur à la brasserie du Théâtre. Le fils d'Émile pointe toujours aux abonnés absents, Fatou, Gaby et le reste du personnel sont débordés, Jade recharge ses batteries à Berck-sur-Mer, ça le perturbe que le vieil homme reste des heures à contempler ses moignons entre ses murs nus.

— Pa', tu penses qu'on pourrait caser un fauteuil roulant dans le coffre de la Clio ?

Melvin sursaute.

— Heu, oui, bien sûr, sans problème, balbutie-t-il.

Il le sait, il a déjà essayé, ça tient.

Sol sourit.

— Cool ! Tu serais d'accord pour qu'on emmène un résident à Bagny, lundi ? Personne ne s'occupe de lui, je l'aime bien, il s'appelle Émile.

Aube rose. Éternelle
Le cheval
Sur son dos le garçon.
Galop
Peau contre peau

Naissent et renaissent
Tracent un monde
Minéral
Animal
Végétal
Un monde dont ils sont l'origine.

Le temps des lettres est révolu, Sol et Tatepa s'écrivent sur WhatsApp. Retour à la vraie vie.

Sol, ça y est, j'ai vu le doc.
J'ai trooooop flippé !

Alors ??? Il a dit quoi ?

Devine.
C'est... y'a pas de mots.

Vas-y ! J'en peux plus, là !

Je rentre le 3 septembre, frère.

Tatepa, c'est dans vingt jours !!!
T'ES UN FUCKING WINNER. J'explose de bonheur.
WOUH WOUH WOUUUUHHH !

Soleil au zénith
Cheveux noirs, crinière rousse
Foulent insatiables l'herbe qui pousse.
Se prolongent
D'ombre et de feu
Chevauchent le cosmos
Rallument des étoiles dans le ciel aveuglant.

Dernier jour du mois d'août. Depuis dix minutes, Sol observe Sergio faire la roue derrière le portail.

L'index tremblant, il se décide enfin à sonner.

Mélissa accourt, en tongs et maillot de bain.

– Hiiiiiiiiii ! Poussiiiiiiin !

Peau satinée. Épaules astres. Ventre planète. Cheville étoilée. Genou comète.

Le cœur de Sol fait un loupé, repart en flèche, n'en peut plus de spiraler.

Il articule un « salut » enroué, elle lui prend la main, l'entraîne dans sa chambre, au sommet du donjon. Ils écoutent de la musique en regardant ses photos de vacances. Sol a envie de l'embrasser, il ne le fait pas. Il aimerait couvrir sa nuque de baisers, plonger son nez dans ses cheveux, se baigner avec elle sur la plage de Copacabana.

Eunice toque à la porte pour leur proposer des glaces. Ce dont Sol aurait besoin, ce n'est pas d'un sorbet au citron mais d'un extincteur à volcan.

Parfums
Terre, foin, crottin et bouton d'or
Le garçon chuchote à l'oreille du cheval
Un secret
Son projet fou
Roulade dans le sable
L'animal ne conjugue pas le temps
Il vit l'instant.

Tatepa rentre demain.

44

Patrice démarre, la voiture remonte l'allée de marronniers. Devant l'entrée du centre de rééducation, le club des nicotinés la regarde s'éloigner. Ils sont une quinzaine à agiter leurs clopes au-dessus de leurs têtes en guise d'au revoir. Serpentins de fumée, on dirait qu'ils lancent des signaux sioux.

Aurélien ne se retourne pas. Il ne veut garder aucune dernière image de cet endroit. Et toutes celles qui lui encombrent la mémoire, il espère bien les oublier.

Il inspire. Une bouffée de courage, une autre de liberté. La main d'Iris ne quitte pas la sienne, la pétrit comme une boule de pâte à pain. Il est soulagé et impatient de rentrer chez lui, inquiet aussi. Même s'il se sent prêt à quitter son bagne, tout reste à apprendre. Sa rééducation, la vraie, c'est maintenant qu'elle commence.

Et puis il a peur du regard des autres. Il ne veut pas de leur pitié, ça l'angoisse de devenir l'handicapé de service, celui qu'on invite parce qu'on culpabilise de le laisser seul au fond de son fauteuil. Pas envie d'entendre : « Ah là, là, mon pauvre, ça craint » ou « À ton âge, c'est terrible ». Oui, ça craint et oui, c'est terrible, il le sait. Le plus difficile pour lui, ce ne sont pas les douleurs qui le réveillent la nuit, mais de vivre assis, d'être continuellement ralenti alors que dans sa tête, il carbure à 200 à l'heure.

Il a envie de crier pour expulser ses tensions. Comme un nouveau-né au sortir de son vase clos s'affole en respirant les premiers effluves d'un monde trop vaste et tapageur. Au lieu d'hurler, Aurélien déconne avec Patrice.

Le casque de Tatepa sous un bras, sa musette de pansage sous l'autre, Sol s'approche du box. Homère le fixe de ses grands yeux noirs, une frange de crins lui barre le chanfrein.

— Ça te va bien, ta mèche de beau gosse ! s'amuse le garçon.

Il l'étrille lentement.

— Aujourd'hui, je vais te présenter quelqu'un. Sans lui, on ne se serait jamais rencontrés tous les deux…

Il masse les articulations, bouchonne les creux et les bosses.

— Ce mec, je l'aime plus qu'un frère.

Il brosse, lisse, démêle la crinière, cure les pieds, cire les sabots.

Leïa s'accoude à la porte du box.

— Pfiouuu, il est beau ! s'extasie-t-elle. Tu l'emmènes en compète ?

Sol rigole, caresse le feu de la robe.

— On va faire une balade…

Il ajoute, mystérieux :

— Une balade un peu spéciale. Ne nous attends pas ce soir, je le ramènerai demain.

Il tapote les sacoches qu'il a fixées sur le tapis de selle.

— Il vient de manger et j'ai pris des rations d'avoine.

Leïa sourit et ne l'interroge pas davantage. Sol n'est pas bavard, il racontera quand il jugera le moment venu. Elle aime la relation qu'il a tissée avec son cheval. Plus qu'une complicité, c'est une communion. Evan peut partir tranquille, ces deux-là, c'est pour la vie.

Sol monte Homère dans l'écurie. Il découvre le son des sabots sur le ciment.

— Wow, ça claque.

Il a soudain la sensation d'être un géant, hors d'atteinte et tout-puissant. Les oreilles du cheval pivotent dans sa direction, intriguées.

— T'inquiète, mon prince, tout va bien se passer, le rassure son cavalier.

Il glisse une main sur son encolure.

— Fais-moi confiance, ce soir, on va faire le show de notre vie.

En sortant du village, ils s'engagent sur l'étroite route de campagne au goudron décoloré. Accroché à la selle, le casque de moto de Tatepa bat les flancs du cheval. Sol le détache et l'ajuste sur sa tête.

— Tu serais un mustang sauvage, murmure-t-il, je serais un gars du Montana, et on déboulerait en ville.

La voiture de Patrice s'engage dans l'avenue. Vendredi de rentrée, embouteillages de fin de journée. Les tours du quartier se profilent derrière la marée de carrosseries. Aurélien se tait, il n'a plus le cœur à plaisanter. Sa mère lui broie la main. Ou peut-être est-ce lui qui s'agrippe à elle comme un naufragé. Patrice stresse un peu, il allume la radio pour détendre l'atmosphère.

Jingle.

Nostalgie, il est 18 heures
My baby Nostalgie, my baby Nostalgie
Noooootaaaaalgiiiiiiiie

Dans le rétroviseur intérieur, il observe son gamin au teint de bouteille à la mer. Il voudrait le rassurer mais il ne trouve que des mots qui sonnent faux. Alors il fredonne avec Balavoine, en battant la mesure sur son volant.

Quand on arrive en ville
Tout l'monde change de trottoir
On n'a pas l'air virils mais on fait peur à voir

— C'est pénible, toutes ces bagnoles, on va mettre trois ans pour faire cent mètres, soupire-t-il.

Il a le sens de l'hyperbole.

Des gars qui se maquillent
Ça fait rire les passants

Il passe la seconde, la voiture progresse au ralenti.

Mais quand ils voient du sang sur nos lames
de rasoir
Ça fait comme un éclair dans le brouillard
Quand on arrive en ville

Patrice tourne dans leur rue, encombrée elle aussi. Aurélien se recroqueville sur la banquette arrière.

Nous tout c'qu'on veut c'est être heureux
Être heureux avant d'être vieux

Sa main lâche celle de sa mère, serre la poignée de la portière. Il se penche et colle son visage contre la vitre.

On n'a pas l'temps d'attendre d'avoir trente ans
Nous tout c'qu'on veut c'est être heureux

Sur le parking, il découvre Widade, Jilani, Émilie, Hugo, Adam, Anaïs, Gabin… Medhi, Jérôme et Inès. Rémi. Ses meilleurs potes et les autres du quartier, rassemblés pour l'accueillir. Ils lui ont envoyé des dizaines de messages, il les a lus mais n'a jamais répondu. Ça ne l'a pas empêché de les espionner sur Instagram. Tous les jours, des heures durant. Il les a regardés faire la fête, a détaillé leurs faces hilares en crevant d'envie d'être avec eux. C'était addictif et malsain, il a fini par supprimer son compte et virer l'appli de son téléphone pour ne plus être tenté.

Son regard cherche un visage parmi les autres, cherche mais ne trouve pas. Il aperçoit Melvin qui lui sourit…

Être heureux avant d'être vieux

Patrice se gare et éteint la radio. Les amis d'Aurélien se précipitent, ouvrent la portière, rigolent, le palpent timidement, comme pour s'assurer que c'est vraiment lui.

— Hé, gros, content de te revoir !

— Bienvenue chez toi !

— Tu nous as manqué.

— C'est cool que tu sois là.

Il rit un peu faux, se glisse sur son fauteuil que Patrice a déplié, observe en douce les visages qui se figent. Mais ça ne dure pas. Ses potes l'entourent, se marrent, l'embrassent et lui tapent sur l'épaule. Il respire mieux, relève la tête, croise les yeux de Melvin et l'interroge du regard. Le père de Sol hausse les épaules, aussi désemparé que lui.

Puis…

Il entend.

Ils entendent tous.

Un hennissement et un son régulier, sonore. Qui couvre le bruit des moteurs, claque sur le bitume, résonne entre les murs. Une ola de sabots, accompagnée d'une rumeur.

Aurélien comprend aussitôt, son cœur déborde, il se mord les lèvres, suffoque presque. La lourdeur des semaines de solitude cascade sur ses joues, son corps tremble, ses mains se crispent sur les roues. Il fait lentement pivoter son fauteuil, paupières closes. Savoure l'attente, grave l'instant dans sa mémoire.

— J'y crois pas ! s'exclame Anaïs. C'est Sol !

Il inspire et ouvre les yeux.

45

Ils ont trotté le long du chemin forestier. Puis Homère est parti au galop, spontanément, Sol ne l'a pas retenu. Le garçon a levé les bras, il s'est allégé, envolé.

Les quelques promeneurs qu'ils ont dépassés les ont regardés avec curiosité. C'était surprenant, ce cavalier noir, casqué de bleu, qui semblait planer sur son destrier.

Sol a ralenti Homère à l'orée du bois.

— Voilà, mon prince, a-t-il murmuré, on y est.

Ils ont débouché sur un rond-point. Le boulevard était saturé de véhicules. Le cheval a hésité un instant, freiné par le ronflement des moteurs et les vapeurs âcres des pots d'échappement.

Sol a posé ses mains sur sa peau, il a pressé ses jambes contre ses flancs et lui a lancé un petit appel de la langue à l'oreille. Homère est reparti au pas, confiant et altier. Il s'est glissé entre les voitures, caressant les rétroviseurs de la queue, se jouant des téléphones que les automobilistes braquaient sur lui pour le filmer.

Lorsqu'ils sont entrés dans le quartier, les gens se sont figés pour les regarder passer entre les barres de béton, les yeux écarquillés. Les seuls cavaliers auxquels ils étaient habitués au Pont-des-Chèvres chevauchaient de vrombissantes montures d'acier, alors un cheval, là au milieu, c'était fabuleux. Un mirage de chair et de sang, de la poésie en mouvement. Il semblait sortir d'un autre temps.

— Y a un mec sur un cheval ! s'est écrié un gamin.

— Wouah, un cowboy ! a hurlé un autre.

— Mais non, t'y connais rien, c'est un chevalier.

— N'importe quoi, moi je sais qui c'est, a déclaré une petite fille, il s'appelle Sol.

Ils ont couru jusqu'à lui. Homère s'est arrêté.

— Il est à toi, le cheval ?

— Il s'appelle comment ?

— T'as de la chance, moi aussi, j'aimerais avoir un cheval.

— C'est une fille ou un garçon ?

— Pourquoi t'as des baskets et pas des bottes ?

— Et pourquoi t'as un casque ?

— T'es un cow-boy ou un chevalier ?

Sol a rigolé.

— Ni l'un ni l'autre, je suis un mec sur un cheval, comme dit ton copain.

Dans sa tête, il a ajouté : « Je suis un gars d'ici qui rentre chez lui, son rêve de gosse sous sa selle. »

D'une pression des mollets, il a remis Homère au pas. Les gamins les ont suivis, surexcités, les adultes aussi, téléphones brandis à bout de bras.

— Eh, mec, t'es tranquille, là !

— Wallah, comment t'es beau !

— Avec le casque, en plus ! Trop stylé !

— Wesh Sol, ça va ou quoi, mon gars ?

Ça l'a étonné tous ces gens qui riaient, s'exclamaient et s'émerveillaient, il osait à peine les regarder. Des applaudissements ont fusé, le quartier entier le célébrait. Il s'est redressé sur sa selle, a rejeté ses épaules en arrière, en relevant le menton. L'œil pétillant, fossettes sur les joues, il a définitivement dit adieu au renard planqué dans son ombre, aux nuages d'épines et aux buissons d'orage. Un homme lui a lancé que c'était géant, ce qu'il était en train de faire, et Homère a poussé un hennissement. Alors tout le monde s'est bousculé pour faire des selfies avec eux, une frénésie.

À cet instant, il était prodigieusement beau, Sol, et fort, et fier. Il s'est senti roi. Tout devenait possible et réalisable. Dans quelques minutes il allait revoir Tatepa et demain il embrasserait Mélissa. Ou la semaine prochaine ou dans un mois, mais il le ferait. Il lui avouerait qu'il l'aime. Pour de vrai. Passionnément, à la folie. Il lui dirait comme dans les films qu'il l'aime d'amour depuis le premier jour.

— Cette fois, Homère, on arrive vraiment chez moi.

Il guide son cheval dans sa rue. Une centaine de mètres devant eux, sa tour se découpe entre les peupliers. Sol fronce les sourcils. Elle ne se ressemble pas. Pourtant le crépi décati, les antennes paraboliques grises de pollution, les quinze étages de trois-pièces-cuisine fenêtres ouvertes d'où s'échappe le vacarme des real life TV sont toujours les mêmes. C'est juste que, vue à hauteur de cheval, elle ne l'écrase plus. Elle ressemble à une flèche, lui donne envie de lever les yeux vers le ciel. Il la trouve soudain plus belle que la tour Eiffel, Big Ben et l'Empire State Building réunis, sa sweet tower pourrie.

Les sabots du cheval sonnent sur l'asphalte, ils avancent à contre-courant, au milieu de la chaussée, Homère se fraie un passage entre les voitures. Plus que cinquante mètres, vingt…

Puis…

Sol a la tête qui tourne.

La forêt de bras coiffés de portables autour de lui devient floue.

Les voix se chevauchent, il n'entend plus leur clameur.

Il a tant attendu ce moment, l'a tellement fantasmé, que c'est presque irréel de le vivre.

Les jointures de ses doigts deviennent blanches à force de serrer les rennes. Il les abandonne sur l'encolure et plonge les mains dans la crinière d'Homère.

Son pote a le visage translucide. Une crinière de boucles blondes flotte sur ses épaules, ses paupières sont closes, son visage couvert de larmes, et il sourit comme un enfant plongé dans un rêve de paradis.

Le ventre de Sol se tord quand il découvre le fauteuil.

Son cœur explose lorsqu'il croise enfin le regard dc Tatepa.

Ils n'en finissent plus de... Il faudrait inventer un mot pour dire : « Plonger ses prunelles dans celles de l'autre, y lire le passé et l'avenir, et éprouver un sentiment lumineux, plus puissant que tous les déchirements, un amour infini. »

La flamme dans leurs yeux.

Indicible.

La voix de Sol, un souffle :

— C'est... c'est Homère.

Tatepa murmure :

— Il est magnifique.

Feu d'artifice.

Celui des Champs-Élysées, à côté, c'est de l'étincelle d'allumette.

46

Les femmes de la tour du Pont-des-Chèvres ont organisé un pique-nique géant devant l'immeuble pour fêter le retour de Tatepa. Ça chauffe souvent entre elles d'un palier à l'autre, mais dès qu'il s'agit de prendre soin d'un petit de la cité, elles se serrent les coudes. Les enfants, c'est sacré. Ça fait des jours qu'elles cuisinent en secret pour faire la surprise à la famille Quibert. Tout le monde était au courant, excepté les intéressés. En les voyant installer des tréteaux et couvrir les tables de plats, ils en ont eu les larmes aux yeux, surtout Iris.

L'arrivée de Sol sur son cheval l'a bouleversée. Même avant l'accident, elle n'avait jamais vu un tel sourire sur le visage de son fils.

Elle le cherche du regard dans la marée humaine. Les vidéos du cavalier parcourant les rues du quartier ont été partagées sur les réseaux sociaux et ceux de la Reyssouze ont aussitôt rappliqué pour voir ça. Le terre-plein entre l'avenue et les immeubles grouille de monde, elle s'inquiète, il ne faudrait pas que quelqu'un renverse son garçon…

— Tiens, ma belle, on va se régaler.

Son mari lui tend une assiette remplie de couscous, avec deux fourchettes plantées dans la semoule.

— Merci.

Elle la prend mollement, l'œil aux aguets.

— Ça va aller, Iris.

Patrice noue ses bras autour de sa taille.

— Stresse pas…

Elle pince les lèvres.

— Tu pourrais aller vérifier si Aurélien est bien avec Sol ?

— Évidemment qu'ils sont ensemble, il ne va rien lui arriver.

— Je préférerais en être sûre.

— S'il n'y avait pas eu l'accident, tu le laisserais s'éclater avec ses amis sans te poser de questions.

— C'est vrai, mais là…

Son mari lui replace une mèche derrière l'oreille.

— Arrête de t'inquiéter, fais-lui confiance.

Elle se mord nerveusement les joues.

— Il a besoin de se sentir normal, insiste-t-il, il faut qu'on le lâche.

— Oui, tu as raison, excuse-moi.

— T'excuser de quoi ? D'être la mère la plus formidable du monde ? La fille la plus courageuse et la plus merveilleuse que je connaisse ?

Il presse ses lèvres sur sa nuque. Elle se laisse aller contre lui.

— C'est pas le tout, mais j'ai la dalle, moi ! grogne-t-il dans son cou. On le mange, ce couscous, ou on le congèle pour l'année prochaine ?

À force de sourire, Tatepa ne sent plus ses zygomatiques. Ils ne se sont pas retrouvés seuls un instant, Sol et lui, et c'est exactement ce qu'il lui fallait. Un bon bain de foule, une immersion totale dans le monde, que les autres le voient une bonne fois pour toutes sur son fauteuil et que l'affaire soit classée.

Il ne reconnaît pas le Sol qui fanfaronne à ses côtés, à l'aise, tranquille, comme si c'était habituel de se faire photographier avec son cheval au milieu de la cité. Leurs regards s'accrochent et se retiennent une seconde. Ils se comprennent, rien ne presse, ils auront tout le temps de parler plus tard. Pour l'instant, place à la déconnade.

— Sol, regarde ! hurle-t-il.

Sur l'avenue, Marwan et deux de ses potes sortent d'une caisse aux allures de Batmobile, d'un vert aussi criard qu'un paquet de crocos

Haribo. Des bouteilles de champagne à la main, ils sautent par-dessus les barrières de sécurité et fondent sur eux, tandis que l'engin s'éloigne dans un rugissement de moteur.

— Il est où, le gars qui fout le bordel dans le quartier ? braille Marwan.

Lorsque ses yeux se posent sur le fauteuil roulant, il tique. Il revoit le corps du garçon rebondir sur le tremplin avant de se briser. Il a remplacé sa Kawasaki par une KTM. Noire elle aussi. Mais il n'a pas oublié l'effroi, le sang qui se fige et se glace. Il se déleste de ses bouteilles et serre Tatepa dans ses bras.

— Salut, mec, ça fait vraiment plaisir de te revoir.

Sa voix tremble, alors il se redresse et se tourne vers Sol.

— On parle de toi partout ! C'est énorme, le coup du cheval, les gens sont déchaînés, t'as pas vu ? Il y a des vidéos dingues sur les réseaux !

— C'est lui, la star, dit Sol en désignant Homère du menton.

Impavide, l'animal arrache une touffe de pissenlits au pied d'un peuplier, avant de plonger son nez dans la bassine d'eau que Melvin lui a remplie. Sol l'a dessellé et lui a ôté son filet, il est libre de ses mouvements et ça lui convient. La nuée de gamins autour de lui ne le perturbe pas plus que ça. Il a l'habitude de voir des enfants au Havre de Leïa. Du moment qu'il a Sol en visuel et qu'on ne lui colle pas l'ouverture de Carmen dans les oreilles, il ne s'inquiète pas.

— Il est géant ! s'exclame Marwan. Qui c'est qui te l'a prêté ?

— Il est à moi, répond Sol, les yeux fixés sur Tatepa.

Marwan applaudit.

— Alors là, je dis, respect, mec !

Il fait sauter le bouchon d'une bouteille, la dirige sur Sol et Tatepa.

— Allez, faut arroser ça !

Une averse de mousse s'abat sur eux, ils hurlent comme des dératés, les enceintes déversent des flots de rap, les gosses se trémoussent et sautent dans tous les sens, on n'a jamais connu une telle fiesta au Pont-des-Chèvres. Les bras passés autour de l'encolure d'Homère, Sol rit aux éclats en regardant son pote danser sur son fauteuil. Il se dit que la vie, ça peut être ça, du bonheur et rien que du bonheur.

La musique est tellement forte, les esprits tellement surchauffés que personne ne voit la patrouille de police se garer sur le parking, gyrophares allumés.

47

Le brigadier-chef Beauvillain sort du premier véhicule de police, suivi de trois gardiens de la paix, une femme et deux hommes. D'un geste, il fait comprendre aux autres de rester dans les voitures. Montrer qu'ils sont là, oui, créer des tensions inutiles, pas question. Ils viennent régler un problème d'ordre public, pas jouer aux cow-boys.

Un riverain a appelé le commissariat pour signaler un tapage nocturne et une maltraitance sur équidé errant. Il était à peine 21 heures, l'agent qui a répondu au téléphone n'a pas retenu le tapage nocturne. En revanche, un cheval en danger, ça lui a parlé. Tous les samedis, il accompagne sa fille au poney-club, alors… Et puis le Pont-des-Chèvres, même si on ne peut pas comparer avec les quartiers chauds du 93, ce n'est pas l'endroit le plus calme de la ville. D'ailleurs il ne voyait pas ce qu'un cheval pouvait faire là-bas. Il a prévenu Beauvillain qui dirigeait la patrouille en service et lui a envoyé une voiture en renfort, au cas où.

La silhouette trapue, le poil court et roux, le nez écrasé et les mâchoires flasques, façon bulldog anglais, le brigadier-chef Beauvillain ne dégage pas à première vue un charisme prodigieux. Mais son regard perçant, étincelant de vivacité, dément son apparente mollesse.

Un coup d'œil lui a permis d'évaluer la situation. Une giga couscous-party devant les tours... autre point, et pas des moindres, un cheval en liberté au milieu d'environ... cinquante ? Soixante personnes ?

Il fouille dans sa poche, attrape un cure-dent, le fourre entre ses lèvres et commence à le mâchonner. Depuis qu'il a arrêté de fumer, il en fait une surconsommation quasi pathologique.

— Eh les mecs, y a les keufs ! s'écrie quelqu'un.

Beauvillain fait tourner le bâtonnet entre ses dents.

— On reste calmes, bougonne-t-il à son équipe. Ces gens n'ont a priori rien fait de mal, il y a des familles, on ne vient pas pour les enquiquiner.

Il coule un regard insistant au gardien de la paix Frossard, une jeune recrue, tout juste sortie de l'école, qui a tendance à se prendre pour un shérif.

— À tous les coups, ils vont nous filmer, donc on maîtrise ses nerfs.

Marwan crache par terre. Même quand il n'a rien à se reprocher, les flics le hérissent. En quatre ans de rodéo, ils lui ont confisqué deux motos qu'ils ne lui rendront jamais. Ça le dégoûte que des bécanes pareilles rouillent dans un garage. Si ça se trouve, ils les revendent... tous pourris, ces keufs.

Un silence chargé d'animosité s'installe à l'approche des quatre policiers. C'est assez impressionnant, cette foule qui se tait et la musique qui continue à résonner entre les murs. Le brigadier-chef ne s'est pas trompé, une bonne trentaine de portables enregistrent la scène. Il en faut plus pour l'émouvoir, n'empêche qu'il ne veut pas se planter. Un mot de travers et tout peut dégénérer.

À sa gauche, Frossard glisse discrètement ses doigts sur la crosse de son arme de service. D'un mouvement de cure-dent, il le dissuade de continuer. L'autre se renfrogne mais sa main s'éloigne du pistolet.

Quelqu'un coupe la sono, Beauvillain décide d'éviter la confrontation et file droit sur le cheval. Deux gardiens de la paix restent en retrait, il fait signe à Frossard de le suivre.

Les gamins qui entourent l'animal reculent instinctivement quand ils arrivent à leur niveau et Sol s'interpose. Il ne le sent pas, ce policier. Et encore moins le maigrichon à la gueule de vautour qui l'accompagne. Qu'est-ce qu'ils veulent à Homère ? Pourquoi foncent-ils sur lui comme ça ? Melvin vient se placer à ses côtés. La présence de son père le tranquillise. Tatepa se rapproche, Iris et Patrice aussi. Ils font bloc.

— Bonsoir, lance le brigadier-chef, d'un ton qu'il s'efforce de rendre apaisant, on nous a signalé un cheval errant dans le quartier...

— C'est pas un cheval errant, il s'appelle Homère, il... il est à moi, balbutie Sol.

Le cure-dent marque un temps d'arrêt entre les incisives du policier.

Le garçon s'empresse d'ajouter :

— J'ai ses papiers, je peux vous les montrer.

— Ils sont chez nous, renchérit Melvin en désignant la tour. Si vous voulez, je vais les chercher.

— Vous êtes ?

— Melvin Ngbolonga, le père de Solomon.

Il glisse un bras autour des épaules de son fils.

Beauvillain observe le cheval qui broute derrière le garçon. Il n'a pas l'air sauvage, pas l'air maltraité non plus, mais bon, il n'y connaît rien en canasson.

Il plante ses yeux dans ceux du gamin.

— Pourriez-vous me dire, jeune homme, pourquoi vous laissez votre cheval en liberté au beau milieu des habitations ?

— Heu… c'est parce que…

Sol bredouille.

— Il n'a pas l'habitude d'être attaché.

— Pourquoi vous lui demandez ça ?

Marwan déboule devant le flic qui commence à l'agacer avec ses questions à la con. Pour une fois que tout le monde s'amusait, il a fallu que cet abruti et ses sbires en uniforme viennent tout gâcher. Il aboie :

— Il a le droit de se promener avec son cheval, c'est pas interdit !

Le cure-dent se fige de nouveau dans la bouche du policier.

— Effectivement, répond-il, mais ne pas l'attacher dans un espace public, c'est dangereux. Quelqu'un pourrait être blessé, recevoir un coup de sabot, ou être mordu.

Marwan et ses potes s'esclaffent.

— C'est pas un pitbull, non plus !

Melvin tente de calmer le jeu.

— Écoutez, on comprend qu'Homère ne peut pas rester là. Si vous voulez, on vous montre ses papiers et mon fils le ramène à Bagny.

— Bagny ? s'étonne Beauvillain. Vous êtes venus à cheval de Bagny ?

— Ben, oui, dit Sol, ce n'est pas très loin…

— Et vous comptez retourner là-bas cette nuit ?

— Heu… non, demain.

Sol trouve ça absurde de devoir s'expliquer. Il avait prévu de ramener Homère au petit matin. La nuit s'annonçait douce, il pensait discuter avec son pote jusqu'à l'aube sous les lampadaires.

La sonnerie d'un téléphone retentit. Le policier extirpe son portable de sa poche, regarde le nom de sa correspondante s'afficher sur l'écran et s'éloigne de quelques pas avant de prendre l'appel.

— Bonsoir, commissaire.

Elle ne s'encombre pas de politesse :

— Beauvillain, je sais que vous êtes en intervention au Pont-des-Chèvres, je viens d'avoir le procureur, il est surchauffé, et le préfet aussi. Le cheval est toujours dans le quartier ?

Le policier ne comprend pas le rapport entre le préfet, le procureur et le paisible géant roux qui chasse les mouches avec sa queue devant lui.

— Je l'ai en visuel, confirme-t-il, mais où est le problème ?

Elle souffle bruyamment avant de répondre :

— Un énergumène a cru bon de faire le malin en se pavanant dans les rues sur ce cheval. Cette histoire fait le buzz sur Internet depuis deux heures, et maintenant on voit votre tête en direct sur tous les réseaux sociaux !

— Ah bon ? s'étonne-t-il naïvement.

— Je suis en train de vous regarder en ce moment même sur mon écran.

Il se recoiffe machinalement.

— Bon, reprend-elle, le préfet craint des débordements, il exige un retour à l'ordre immédiat, et le procureur a demandé une mise à l'abri du cheval et un rapport des services vétérinaires. J'ai prévenu le centre équestre du Cône, quelqu'un vient le récupérer en van dans un quart d'heure. D'ici là, maintenez le calme dans le quartier.

— Bien, commissaire.

— Beauvillain ?

— Oui, commissaire ?

— Cessez de mâchouiller vos cure-dents, ça passe très mal à l'écran.

Elle raccroche brutalement. Il soupire.

Il observe le garçon et son cheval. Ils ont l'air de bien s'entendre tous les deux. Ça ne tiendrait qu'à lui, il proposerait au petit de l'attacher à un arceau vélo cette nuit pour assurer la sécurité des habitants et de le ramener tranquillement à Bagny demain matin.

Il pense au temps que les services sociaux mettent parfois à réagir lorsqu'on leur signale un enfant victime de sévices… Là, les réseaux ne sont pas alertés et le préfet se sent beaucoup moins concerné.

Il sort un cure-dent de sa poche, fixe les téléphones qui le filment, et le glisse ostensiblement dans sa bouche.

À présent, il va devoir tout expliquer au gamin et aux autres, ça promet…

48

Beauvillain en est à son quatrième cure-dent. Il savait que ce serait le bordel.

Après l'appel de la commissaire, il a rejoint le jeune qui était en train de glisser un bridon autour de la tête de son cheval. Il lui a expliqué ce qui allait se passer et le garçon a suspendu ses gestes. Il a pris sa respiration et a simplement tourné la tête vers lui, en disant : « Non, c'est pas possible, vous ne me prendrez pas Homère. » Il ne s'est pas énervé, n'a même pas élevé la voix. Il a toisé le brigadier-chef de toute sa hauteur et dans ses yeux, le policier a lu la candeur d'un môme de son âge, l'inquiétude et la détermination. Il n'a pu s'empêcher d'admirer. *Chapeau, le gosse, belle maîtrise.* Le père a protesté : « Vous ne pouvez pas faire ça ! Ça n'a pas de sens. » Tout le monde s'est rangé de leur côté et ça a commencé à chauffer.

Ses molaires écrasent le bâtonnet. Les invectives fusent et rebondissent sur lui sans le toucher, il est fait de béton armé. Il tempère les uns, retient les autres et il a l'impression de jouer un second rôle dans une série B. Il n'y a ni bons ni méchants dans l'histoire, l'ultra sensibilité est exacerbée dans les deux camps : ses collègues en ont ras le gilet pare-balle de se faire insulter, ceux en face en ont plus que marre du délit de faciès, et lui, il est censé obéir à des ordres aberrants tout en ramenant l'ordre et la raison. Le scénario est déplorable, ça ne tient pas debout.

Homère sent la main de Sol presser son encolure. Sa peau frémit sous ses doigts, ses flancs s'agitent, ses yeux roulent dans leurs orbites.

— Là, là... tout doux, mon prince.

La voix du garçon se veut rassurante, mais le cheval ne s'y trompe pas. L'atmosphère a changé, les humains autour de lui sont chargés de tensions. Ça l'électrise, il recule instinctivement.

Sol aimerait sauter sur le dos de son cheval et s'échapper loin d'ici. D'accord, il a commis l'erreur de ne pas attacher Homère, mais il le connaît, c'est un sensitif, il perçoit mieux que personne l'âme des gens. Il n'y avait aucun danger autour de lui, aucune raison pour qu'il devienne agressif.

Les mères ont remonté fissa leurs enfants dans les appartements. Le nez à la fenêtre, ils observent le spectacle. Les jeunes s'échauffent, le ton grimpe d'un cran.

Les policiers sont nerveux, surtout le vautour. Tendu en avant, la bouche mauvaise, il est prêt à attaquer. C'est lui qui fait peur à Homère, Sol a envie de le baffer. Son chef a demandé aux agents restés dans les voitures de rappliquer, c'est n'importe quoi. Il n'a ni braqué une banque ni égorgé une mémé ! Il trouvait son idée géniale, c'était le plus bel hommage qu'il pouvait offrir à Tatepa. S'il s'était douté que ça créerait un tel bazar... Il est révolté, inquiet et il a peur. Vont-ils embarquer Homère ? En ont-ils le droit ? Il ne parvient pas à réaliser ce qui lui arrive. C'est une mauvaise blague, il y a forcément une solution pour s'en sortir...

— C'est parce que Sol est noir que vous l'emmerdez ?

Les mots sifflent entre les lèvres de Marwan. Le vautour fait un pas vers lui, l'air mauvais.

— Ça vous rend malades qu'un Noir soit le proprio d'un cheval, hein ? poursuit Marwan. L'équitation c'est pas pour les blacks et les rebeux, c'est la chasse gardée des Blancs, pas vrai ?

Sol pense qu'il a raison, que si c'était Anne-Flore avec ses fringues de bourge qui s'était pointée sur Pearl dans le square de la Basilique, à côté de chez Mélissa, tout le monde aurait trouvé ça charmant.

— Sales racistes de flics !

Le vautour bondit. D'un geste, son chef l'arrête.

— Vous vous trompez, jeune homme, notre problème, ce n'est pas un Noir sur un cheval, mais un cheval en liberté dans un quartier où il ne devrait pas être.

Il se tourne vers Sol.

— Je ne suis pas responsable de cette décision, mais je vais appliquer les ordres qu'on m'a donnés. Homère va être emmené en sécurité, il sera bien traité.

Sol se vide soudain de toute sa substance. Une machine plus puissante que lui est lancée. S'il se met en travers de sa route, il se fera broyer et son cheval aussi.

Tatepa avance son fauteuil. Sidéré, il n'a rien dit jusqu'à présent, il n'y croyait pas, pensait que les flics voulaient les intimider. Là, il explose :

— Vous déconnez ou quoi ?

— Enfin, ce n'est pas sérieux ! s'énerve Patrice. Vous voyez bien qu'Homère n'est pas dangereux.

— Puisqu'on vous dit qu'on le ramène immédiatement à Bagny ! s'impatiente Melvin.

Le policier se frotte le menton, le cure-dent aux bords des lèvres.

— Je ne peux rien faire, la décision vient de mes supérieurs.

— Je pourrais rester avec lui ? tente Sol, la voix cassée.

— Non, ce n'est pas permis.

Le flic a l'air de le regretter. Derrière lui, les injures repartent de plus belle. Il ajoute en tâchant d'être convaincant :

— Un vétérinaire viendra l'examiner et si son rapport est favorable, vous pourrez le récupérer.

— Ouais, tu parles ! gueule Marwan. Vous lui rendrez pas. C'est comme avec nos motos, vous confisquez et vous gardez.

Les gars sont à cran. Ils grondent des « à mort les keufs ! », « connards de flics », « tous des voleurs ». Les plus vieux et les gardiens de la paix essaient de les calmer, leurs cris redoublent, le brigadier-chef crache son cure-dent par terre. Les yeux du vautour se remplissent de haine. Homère secoue la tête en soufflant, sa crinière frappe la joue de Sol.

— Hey, tout va bien, mon prince.

Il se colle à lui, glisse un bras autour de sa tête. Mais ça ne rassure pas son cheval. Il renifle l'odeur de la peur sur la peau du garçon. Il panique.

L'encolure ployée comme un arc, il racle soudain la terre du sabot et tente de s'échapper en exécutant des bons désordonnés. Un chat sur la braise. Géant, le chat.

Sol le retient avec les rênes, il tire sans trop de fermeté, il veut seulement le ramener. Il fait claquer sa langue sur son palais. « Kkkkk, écoute mon prince, kkkkk, calme-toi, kkkk, chhhhut... » Il cherche à attraper son regard, murmure : « On ne va pas te faire de mal, je suis là, ne t'inquiète pas, je ne te laisse pas. »

Homère écoute mais ne le croit pas, la voix de Sol sonne faux pour la première fois. Alors il hennit de toutes ses forces, parce qu'il ne peut pas ruer et détaler sans blesser son cavalier. Il met tant de détresse dans son hennissement que ça calme tout le monde, instantanément.

49

— Vous pensez vraiment qu'il faut que j'embarque ce cheval ?

La petite femme en pantalon d'équitation fixe Beauvillain, perplexe.

Son fourgon est garé sur le parking, elle attend qu'Homère soit équipé.

— Parce que si vous voulez mon avis, continue-t-elle, c'est une grossière erreur. Il est en pleine forme, je peux vous l'assurer.

Le brigadier-chef reste muet, il est d'accord avec elle. Toute vivacité a disparu de ses prunelles, il se sent las, cette histoire est un sacré gâchis.

— Vous en connaissez beaucoup, vous, des cavaliers maltraitants qui insisteraient pour que je retourne chercher des protections afin que leur animal ne se blesse pas pendant le transport en van ?

Beauvillain lève les yeux au ciel. Pourquoi s'acharne-t-elle sur lui ?

Ses molaires pulvérisent un énième cure-dent.

— Je suis les ordres, madame.

C'est tout ce qu'il a trouvé à répondre.

Elle pousse un soupir chargé de mépris et rejoint le garçon qui achève de fixer une jambière rembourrée autour du jarret gauche de son cheval. Légalement, c'est elle qui devrait s'en occuper, mais vu le niveau de stress de l'animal, elle a laissé son propriétaire le faire. Même s'il essaie de faire bonne figure, c'est un crève-cœur pour lui, elle le sent. Il a le regard éperdu des bestiaux qu'on mène à l'abattoir. À ses côtés, un ado à la chevelure d'ange, assis sur un fauteuil roulant, semble effondré lui aussi. Idem pour les trois adultes, piqués derrière eux.

Le garçon se relève lentement. Elle n'a pas été autorisée à lui demander son prénom et ça l'horripile. Elle ajuste quelques mèches qui s'échappent de son chignon branlant. Il y a beaucoup de monde devant les immeubles et elle devine des tensions qui couvent, une électricité dans l'air. Elle est comme les chevaux, sensitive.

Le garçon lui tend deux sacoches.

— C'est la ration d'Homère pour ce soir et demain matin, explique-t-il. Il ne mange pas n'importe quoi. Il lui faut du foin et de l'avoine bio, pas de granulés. Ce sera possible ?

Elle acquiesce du menton.

— Je vais tout faire pour.

— Je ne pourrais pas vous apporter sa nourriture ? demande-t-il, une lueur d'espoir dans les yeux.

Le brigadier-chef ne lui laisse pas le temps de répondre.

— On ne peut pas vous informer du lieu où votre cheval sera conduit, déclare-t-il d'un ton ferme.

La femme lui tourne ostensiblement le dos. Il est vraiment obtus, ce flic. Pas étonnant, avec la tronche de crétin qu'il se paie. Elle hausse les épaules. Il aurait le visage de Tom Cruise, ce serait pareil, elle éprouverait la même envie barbare de le hacher menu et de jeter ses restes dans une fosse à purin. Elle ne supporte pas qu'on fasse souffrir un cheval. Vu sa relation fusionnelle avec le gamin, le pauvre Homère va morfler, c'est sûr.

— Il faut y aller, soupire-t-elle.

Le garçon passe une main dans la crinière, embrasse les naseaux veloutés.

— Laissez-moi le faire grimper dans le van, dit-il, sinon ça risque d'être compliqué.

Elle accepte sans prendre la peine de demander son avis au policier.

Le corps tremblant, gêné par ses protections, Homère s'engage sur le pont et pénètre dans la remorque. Sol chuchote, aussi flageolant que lui.

— T'inquiète, mon prince, cette fois, je ne te raconte pas de bobards, on va être séparés un petit moment mais je viendrai te voir tout à l'heure.

Le cheval le jauge du regard, les oreilles perplexes. Sol ne baisse pas les yeux.

— Je te le promets.

Il se glisse le long du grand corps, passe sa main sur la peau traversée de frissons.

— N'aie pas peur, attends-moi, murmure-t-il avant de descendre du camion et de refermer la porte.

À l'intérieur, Homère s'agite, souffle puissamment, lance des coups de pied désespérés contre les parois. Sol a le cœur en lambeaux.

— On a bien fait de lui mettre des protections, dit-il, la voix hachée.

— Ne te fais pas trop de souci, je m'occuperai de lui comme si c'était le mien, le rassure la femme.

Elle monte dans l'habitacle de son 4 × 4, démarre le moteur et baisse sa fenêtre.

— Vous vous retrouverez bientôt, c'est pas possible autrement, ajoute-t-elle.

Sol tente un piètre sourire et regarde le van s'éloigner puis disparaître au coin de la rue.

Pas une larme, mais l'impression d'être laminé. Il a la nausée, le manque l'étrangle déjà. Mais il ne s'effondre pas, parce que derrière lui, il y a Tatepa. Son frère en miettes qui a autre chose à faire que de le réparer. Il avait rêvé pour lui une nuit douce de rires et d'amitié, à la place, il lui a offert la pire des soirées.

— Eh, Sol, ça va aller…

Il se retourne, se penche sur son pote et le serre contre lui. Melvin les entoure de ses bras, Iris et Patrice aussi. Ils ressemblent à une grosse tortue à roulettes avec une carapace de corps fatigués. À l'intérieur, leurs cinq cœurs pulsent à l'unisson.

— On ne va pas les laisser faire, Sol ! lance Anaïs.

— Ouais, tu peux compter sur nous ! approuve Mehdi.

D'autres voix s'élèvent.

— On a la preuve que tu n'as rien fait de mal.

— Tu es un héros, Sol, un exemple pour nous tous.

— Ils te rendront ton cheval.

— On va tout faire pour !

Ceux qui sont restés se rassemblent autour d'eux, des applaudissements et des encouragements fusent par les fenêtres ouvertes des immeubles alentour. Le vautour se raidit, prêt à intervenir. Beauvillain pointe sur lui un cure-dent déchiqueté.

— Vous ne comprenez vraiment rien, Frossard…

Il n'achève pas sa phrase. L'autre est trop bouché pour voir qu'il n'y a pas de danger, que personne ne prendra les armes. Qu'il y a une volonté farouche d'en découdre dans les yeux de ces hommes et de ces femmes, c'est vrai, qu'ils ne lâcheront rien, mais qu'ils utiliseront d'autres moyens que la violence. Et il pense savoir lesquels.

Un mince sourire étire ses lèvres, il souhaite bien du plaisir au préfet, au procureur et à la commissaire. En brisant un rêve de môme, ils se sont mis tout le monde à dos. Un quartier entier prêt à partir en croisade pour son cavalier.

50

Sol et Melvin sortent épuisés du commissariat. Après le départ d'Homère, Beauvillain leur a demandé de venir faire leur déposition et d'apporter les papiers du cheval.

Dans le secret de son bureau, il leur a dit qu'il aurait préféré ne pas en arriver là et de ne pas perdre espoir.

Il les a raccompagnés à la porte et les a regardés s'éloigner sous la lumière crue des réverbères. Le père entourait les épaules de son fils. Ils lui ont fait penser à deux grands échassiers, le plus âgé protégeant le plus jeune sous son aile.

Sol sent son portable vibrer avec insistance dans sa poche. Il ne l'a pas regardé depuis qu'il est parti de Bagny. Il lui semble que c'était il y a une éternité.

Une notification l'informe que sa messagerie vocale est saturée, le dernier appel enregistré vient de Leïa.

— Qu'est-ce que je fais ? demande-t-il à son père.

— Rappelle-la.

— Maintenant ?

— Ça ne sert à rien d'attendre en te rongeant les sangs. Elle sait probablement ce qui s'est passé.

Ses doigts tremblent sur le clavier, Leïa répond à la première sonnerie.

— Sol ! Comment vas-tu ?

— Ça pourrait aller mieux…

— Evan est à côté de moi, on s'est tellement inquiétés, il y a plein de vidéos d'Homère et toi sur Insta et Facebook… On a vu la femme l'emmener.

— Je suis désolé, bredouille Sol, c'est ma faute, j'ai pas pensé à l'attacher, je…

— Mais non, ne culpabilise pas ! Les policiers en ont fait des tonnes, ça ne méritait pas d'aller aussi loin.

La voix d'Evan retentit derrière celle de la jeune femme.

— On est avec toi, Sol ! On va le récupérer !

— On a lancé une pétition et créé un groupe de soutien en ligne, explique Leïa, des milliers de personnes sont déjà prêtes à t'aider.

— C'est… merci, souffle Sol.

— On a prévenu des journalistes et on va agir sans tarder pour mettre la pression aux autorités, je te rappelle demain matin.

— Qu'est-ce que je peux faire ?

— Essaie de ne pas trop angoisser, on s'occupe du reste. Courage !

Il raccroche, un peu soulagé.

Tatepa les attend au pied de la tour avec Anaïs, Mehdi et... En découvrant la silhouette à côté du fauteuil, Sol sent des frissons le gagner.

— Sol !

Mélissa se jette à son cou. Il ne dit pas un mot, il l'enlace et plonge son visage dans ses cheveux.

Melvin s'efface discrètement et pousse la porte de l'immeuble.

— Pourquoi tu ne m'as pas appelée ? murmure-t-elle.

— J'allais le faire, je voulais te dire de venir à la fête, et puis...

— J'ai vu... Tu vas tenir le coup ?

— Je crois, oui.

Ils rejoignent les autres.

— Je ne vous présente pas, dit Sol à Tatepa.

Mélissa sourit.

— Pas la peine, on s'est tout de suite reconnus.

Elle lui glisse à l'oreille :

— Ça me fait plaisir que tu lui aies parlé de moi.

Ils s'assoient sur les marches à côté de Mehdi et Anaïs et discutent de ce qui s'est passé, calmement, sans s'énerver. Ils posent les choses, mesurent l'absurdité de la sanction, et Sol se sent moins coupable. Ses épaules se détendent, le pli entre ses sourcils disparaît et il retrouve un soupçon d'espoir.

Il découvre, effaré, les dizaines de photos et de vidéos d'Homère et lui postées sur les réseaux. « Le cavalier du 01 », « Chevalier de la cité », « Un cheval dans la ville », « Le cow-boy du quartier », l'inspiration des internautes est sans limites, le nombre de vues et de followers aussi.

— T'es une vraie star, maintenant ! constate Anaïs en faisant défiler les images sur son téléphone.

— Ça m'a fait plaisir que les gens du quartier kiffent de me voir sur Homère, dit Sol, mais je trouve bizarre qu'autant d'inconnus nous regardent, c'est un peu…

— Un peu trop ? demande Mélissa.

— Oui, je pensais pas que ça deviendrait viral à ce point.

— C'est à cause du symbole, dit Tatepa. Un Noir sur un cheval dans une cité, ça redonne le moral aux gens, ça leur dit qu'il faut pas hésiter à tracer sa route, que c'est possible de réaliser ses rêves, même quand on vient d'un milieu populaire.

— Et aussi que notre quartier, c'est notre territoire et que personne ne peut décider à notre place si on a le droit de faire brouter des chevaux devant nos immeubles, ajoute Anaïs.

— C'est fort, comme message, approuve Mehdi, et hyper positif pour les plus petits. Pour une fois qu'on leur montre autre chose que des dealers au pied de leurs tours.

— Je n'avais pas réfléchi à tout ça, avoue Sol, je voulais juste faire une surprise à Tatepa.

Son pote se marre, des étoiles dans les yeux.

— C'était énorme, Sol, tu peux pas imaginer ce que j'ai ressenti.

Anaïs étouffe un bâillement.

— Bon, on va avoir pas mal de choses à faire demain, je monte me coucher. Bye bye tout le monde.

Elle ajoute :

— Ils n'ont vraiment rien compris, les keufs.

— Ben justement, déclare Mehdi en se levant, on va les aider à capter. Allez, salut, à demain.

— Bonne nuit ! leur lancent les trois autres.

— Vous voulez qu'on aille se poser chez moi ? propose Tatepa.

Sol se lève à son tour. Un sourire flotte sur ses lèvres.

— Perso, j'ai promis à Homère que j'irai le voir, donc je vais y aller, là…

Ses potes le dévisagent, stupéfaits.

— Attends, tu sais où il est ? s'étonne Mélissa.

Le sourire de Sol s'élargit.

— J'ai reconnu la fille qui est venue le chercher, elle s'appelle Gaëlle et elle bosse au centre équestre du Cône. C'est même grâce à ses cours que j'ai appris à monter.

— C'est dingue ! s'exclame Tatepa.

— Et nous, on peut venir ? demande Mélissa.

— Je voudrais pas que vous ayez des ennuis à cause de moi…

— Je suis mort de trouille, mon pote, rigole Tatepa.

— C'est con, s'amuse Mélissa, mais dès qu'un truc est interdit, j'ai envie de le faire.

Ils envoient des messages à leurs parents en leur disant de ne pas s'inquiéter, qu'ils restent ensemble. Ils ne précisent pas où, et ils se mettent en route.

51

Gaëlle tourne et se retourne dans son lit en pensant à Homère. En vingt ans de métier, elle n'avait encore jamais vu un cheval dans un tel état de stress. Il lui a fallu au moins vingt minutes pour parvenir à le descendre du van, il tremblait de tout son être. Elle l'a installé dans une stalle au milieu des autres et l'a bouchonné jusqu'à ce qu'il retrouve son calme. Enfin, à peu près.

Elle commence à s'endormir quand un hennissement la fait sursauter. *Allons bon, qu'est-ce qui lui prend ?* se dit-elle, en tâtonnant à la recherche de ses claquettes. Son studio est situé au-dessus de l'accueil, en face des écuries. Elle a l'impression qu'Homère lui a henni dans les oreilles. Il recommence, d'ailleurs. En descendant au rez-de-chaussée, Gaëlle s'étonne que les autres ne s'y mettent pas aussi. Il a dû réveiller la totalité des pensionnaires. Le seul qui n'a pas l'air d'apprécier, c'est son chien. La truffe collée à la porte, il gronde sourdement.

— Calme, Argos, dit-elle en posant une main sur sa tête.

Les oreilles couchées en arrière, il continue à grogner et gratte pour qu'elle lui ouvre.

— Qu'est-ce qu'il y a, mon grand, tu as entendu quelqu'un ?

Elle lui passe sa laisse et sort en pyjama dans la cour. Le chien tire en direction de la carrière, elle peine à le retenir. Re-hennissement. Et cette fois, elle comprend. Le cheval n'a pas peur, il appelle. Mieux, il indique où il est. Les poulains de l'élevage de son père poussaient le même type de cris quand ils voulaient attirer l'attention de leur mère. Nuancés au début puis crescendo.

Gaëlle pense tout de suite au gosse. *À tous les coups, son cheval l'a entendu arriver*. Elle ne s'étonne pas. Il n'y a que deux endroits qui peuvent accueillir un cheval en urgence dans le coin. Il a commencé par le plus proche. Malin.

Dissimulée dans l'ombre du manège, elle retient son chien et hésite un instant. Si le gamin enlève son cheval et qu'elle le laisse faire en prétendant n'avoir rien entendu, personne ne la croira. Argos est réputé pour être le meilleur chien de garde du quartier, les flics ne tarderont pas à l'apprendre.

— Oh et puis merde !

Elle décide de lui faire confiance. Pour l'instant, elle va observer ce qu'il compte faire et si besoin, elle réagira.

Elle se penche sur son chien et l'entraîne à l'intérieur du manège.

— Ami, chuchote-t-elle à son oreille. Tranquille, c'est un ami.

Argos est parfaitement dressé. Il se détend aussitôt et se couche à ses pieds en remuant la queue.

Homère recommence son cirque et cette fois, elle entend. Les bruits de pas viennent bien de la carrière, le môme a dû passer sous la barrière, côté forêt.

Elle s'assoit en tailleur dans la sciure, le dos contre le mur, et elle attend en caressant Argos. Elle retient une exclamation de surprise quand elle voit passer plusieurs silhouettes devant le manège. Il y a bien le garçon, elle reconnaît sa coiffure et sa taille élancée. Sur son dos, il en porte un autre aux cheveux longs et bouclés, sans doute l'ado en fauteuil roulant. Une fille les accompagne.

Ça la rassure complètement. S'il avait voulu kidnapper Homère, son maître ne serait pas venu accompagné de la sorte.

52

— C'est bizarre, d'habitude il y a un chien, murmure Sol, en passant avec prudence devant le manège.

— S'il était là, il nous aurait déjà sauté dessus, non ? demande Mélissa.

— Ouais, t'as raison, il jappe sur tout ce qui bouge, ce clebs.

Un quatrième hennissement déchire la nuit.

— On arrive, mon prince, souffle Sol.

— T'as pas peur qu'il nous fasse repérer ? murmure Tatepa, les bras autour du cou de son pote.

Ils ont décidé de planquer son fauteuil roulant dans un buisson et Sol l'a pris sur son dos. Il a l'impression d'être un maous bébé panda et ça lui donne envie de rire.

— Homère nous a entendus alors il nous appelle, dit Sol. Vu le boucan qu'il fait, si Gaëlle s'inquiétait, elle serait déjà descendue.

Du menton, il désigne des volets fermés au premier étage du bâtiment sur leur droite.

— Elle habite là.

Il n'a jamais mis un pied dans le centre mais ses sept années d'observation assidue lui ont permis de parfaitement connaître les lieux et les habitudes.

— On y est, dit-il.

Mélissa fait coulisser une lourde porte en bois, ils se glissent dans les écuries et elle la referme derrière eux.

Les chevaux les observent avec curiosité, certains soufflent, puis se rendorment. Homère est debout dans une stalle, il ronfle une petite chanson d'accueil tandis qu'ils s'approchent. Il est tout entier tourné vers Sol, le dévore des oreilles, des yeux et des naseaux. Et son cavalier fait de même. Sa foulée s'allonge, le buste et le visage tendus dans sa direction. Mélissa et Tatepa en sont bouleversés.

— Salut, mon prince, je t'avais dit que je viendrais.

Sol ouvre la demi-porte et se faufile dans la stalle. Du pied, il fabrique un siège de paille et laisse glisser Tatepa dessus.

— Ça va aller ? Tu es bien ?

— C'est plus confortable qu'un canapé, confirme son pote.

Mélissa s'accroupit à côté de lui et ils regardent.

Face contre face, Sol et Homère se respirent, se déshabillent l'âme. Les doigts du garçon grattent le chanfrein, le nez du cheval caresse le menton, ils se disent en silence, se consolent, se rassurent, se soupirent.

Des larmes roulent sur les joues de Mélissa, roulent sur celles de Tatepa, ils ne les retiennent pas, ne cherchent pas à les dissimuler. Dans ces écuries, au creux de la nuit, tout est vérité, rien n'est interdit. Leurs doigts se nouent, amis, tremblant d'une émotion qui les dépasse. Ils n'avaient jamais vu deux êtres s'aimer avec autant d'intensité.

Homère s'est allongé de tout son long et ronronne en dormant. De temps en temps, il tressaute et relève les paupières. La tête posée sur son flanc, Sol l'apaise d'un « chhhht » très doux et le cheval se détend.

Tatepa et Mélissa ont fini par sombrer, étendus dans la paille. Ils ont chuchoté longtemps tous les trois, ont ri à voix basse, puis se sont engourdis peu à peu, bercés par les sons des écuries.

Sol ne dort pas. Il veut profiter de chaque instant avec Homère. S'il le faut, il reviendra la nuit prochaine, puis la suivante, toutes les nuits. Il prie silencieusement le petit dieu des cavaliers. *Je vous en supplie, faites qu'on me le rende.*

Les yeux mi-clos, une vieille jument l'observe de la stalle voisine. Elle se repose debout, tout son poids sur trois jambes.

Le garçon écoute dormir les chevaux. Certains soufflent, d'autres grincent ou émettent des sons gutturaux. Des antérieurs s'agitent, galopent dans leur sommeil. Une bouche émet une mélopée inhumaine, cristalline, suspendue à un fil de songe. À quoi rêvent-ils, ces grands sauvages domestiqués ?

Un peu avant 5 heures du matin, Sol entend poindre l'aurore. Dehors, les oiseaux s'éveillent, trillent à tue-tête et s'enivrent de rosée. Il se penche sur Mélissa, se retient de lui caresser la joue, de poser ses lèvres sur ses paupières.

— Tu vas lui dire quand ?

La voix de Tatepa le tire de sa contemplation.

— Lui dire quoi ?

— Que tu l'aimes.

— Bientôt…

— Sol ?

— Mmmm ?

— C'est… c'est cool d'être là.

— Putain, Tatepa !

Sol lui attrape une main et l'attire contre lui.

— T'imagines pas comme je suis heureux, j'ai cru que je t'avais perdu. Je sais pas comment t'as fait pour réussir à t'en sortir, mais t'es...

Il l'écarte de sa poitrine, le fixe en souriant.

— T'es un colosse, mon frère. C'est pas croyable de pouvoir te toucher, de regarder ta petite gueule d'ange autrement qu'en photo, de te parler après tout ce temps, c'est, pfff, c'est...

Il en bafouille.

Le serre de nouveau dans ses bras

— Bordel, ce que c'est bon de te retrouver.

Homère ouvre un œil, se relève brusquement et s'ébroue de toute sa masse, les parsemant de paille.

— Deux secondes, j'arrive, marmonne Mélissa dans son sommeil.

Les garçons piquent un fou rire dans leurs coudes.

Ils repartent comme ils sont venus. La gorge sèche, Sol a promis à Homère de revenir après la tombée de la nuit et son cheval l'a cru. Il n'a pas henni lorsqu'ils ont refermé la porte des écuries derrière eux, il s'est tourné vers la vieille jument et a posé sa tête contre la sienne.

Gaëlle a passé la nuit dans le manège, le visage niché dans le poil d'Argos. Résultat, elle pue le chien, elle a des courbatures et de la sciure jusque dans le nombril. Mais elle s'en fiche, elle vient de voir passer les trois loustics dans l'autre sens et rien qu'à leur air, elle a compris qu'Homère irait bien aujourd'hui.

Sol et Tatepa raccompagnent Mélissa chez elle. Dès qu'elle entre dans sa cour, Sergio déploie ses ailes et décolle de la branche de marronnier où il a passé la nuit. Il atterrit à un mètre d'elle sous le regard abasourdi de Tatepa.

— Attends, c'est un vrai paon ? s'étrangle-t-il.

— Nan, c'est un robot hyper bien imité, déclare Mélissa. Le seul problème, c'est qu'il pousse des cris de mouette.

Elle hausse les épaules.

— Ils ont dû se planter en entrant des données dans sa carte-mémoire.

Pour la démentir, Sergio gonfle ses plumes et lance un « Leonnnnn » offusqué.

— Tu l'as vexé, là ! s'amuse Sol.

Elle sourit en étouffant un bâillement.

— Poussin, faut que je dorme une heure ou deux, la journée va être longue.

Elle leur fait la bise en titubant, le portail se referme sur elle.

— La baraque qu'elle a ! siffle Tatepa.

— T'as vu ça ? En fait, y a que son fric qui m'intéresse.

— T'es con !

Tatepa se laisse aller contre le dossier de son fauteuil. Heureusement que Sol le pousse, il se sent crevé. Il a perdu l'habitude des nuits presque blanches. Au centre, on les couchait à l'heure des poules.

— T'as raison d'être accro, dit-il, elle est incroyable, cette fille !

— Je confirme.

— Sinon, j'ai rêvé ou elle t'a appelé Poussin ?

53

Le commissariat est en effervescence et la commissaire sur le pied de guerre.

Depuis deux heures, c'est un déferlement dans la ville, une marée humaine. Les manifestants arrivent de tous les côtés, marchent en silence, banderoles à bout de bras, pour réclamer qu'on rende ce satané cheval au jeune Noir du Pont-des-Chèvres. Quasiment pas une rue du centre-ville qui ne soit envahie, on se croirait dans une parodie du *Joueur de flûte de Hamelin*, avec des humains à la place des rats.

— On ne peut pas utiliser le gaz lacrymo pour les disperser, commissaire, il y a des enfants et des vieillards !

Beauvillain a prévenu son homologue, le brigadier-chef Cornut, que ça allait sûrement barder dans la matinée. Le pauvre Cornut n'imaginait pas que ce serait à ce point.

— Mais enfin, s'énerve la commissaire, qu'est-ce que des vieux ont à voir avec ce gamin ?

De la fenêtre de son bureau, elle observe rageusement une mamie, plus ridée qu'un pruneau, pousser un vieil homme en fauteuil roulant. Il est amputé des deux pieds et brandit l'édition spéciale du *Progrès* de ce samedi. En première page s'étale une photo du môme sur son cheval. C'est surréaliste. Si même les pensionnaires des EHPAD se mettent à venir troubler l'ordre public un jour de marché, où va le pays ?

Et puis le titre à la une… « Homère in the city » ! Il s'est cru où, le journaliste qui a pondu ça ? Aux States ?

Ils commencent à lui courir sur le carré long, l'ado et son canasson. Ça va beaucoup trop loin, cette affaire. Dans la nuit, quelqu'un a créé un groupe de soutien à Homère, le cheval ! Depuis quand des milliers de personnes sont-elles prêtes à manifester dans ce trou bouseux de l'Ain, pour soi-disant libérer un animal que le procureur a fait mettre à l'abri ? Ce cheval n'est pas prisonnier, il est protégé, nuance.

Elle colle son front à la vitre, ajuste ses lunettes sur son nez, pour être sûre d'avoir bien identifié le garçon au milieu de la foule qui se presse devant le commissariat. Elle ne s'est pas trompée, c'est bien

Matthieu, un jeune clarinettiste très doué, très prometteur, que sa fille a accompagné au piano pour son examen de troisième cycle au conservatoire. Que peut-il bien fabriquer au milieu de ces évaporés du bocal ?

Son téléphone sonne, elle décroche.

— Une journaliste de BFM souhaiterait savoir si vous acceptez de la recevoir pour une interview, commissaire. Il y a aussi un reporter de France Info.

— Non !

Elle raccroche, effondrée. Cette fois, c'est la débandade. Si les télés et les médias nationaux s'en mêlent, sa hiérarchie va la prendre pour une incompétente.

Cornut passe la tête à la porte de son bureau.

— Quoi encore ? lâche-t-elle. Vous ne pouvez pas frapper ?

— Commissaire, les collègues nous signalent plusieurs cavaliers dans l'avenue Alsace-Lorraine. Ils seraient une trentaine, avec des banderoles.

Elle se prend la tête dans les mains.

— Mais c'est pas vrai, qu'est-ce qu'ils ont tous ?

Elle le sait au fond d'elle, même si elle ne veut pas se l'avouer… Les gens sont touchés au cœur par cette histoire. L'aventure du jeune Solomon, c'est Cendrillon façon conte contemporain, ça les fait vibrer.

Son téléphone sonne encore, insistant.

— Non, j'ai dit !

— Philippe Rivet, commissaire.

Elle se liquéfie en entendant la voix du préfet.

Sol et Tatepa ne participent pas à la marche de protestation. Tatepa pour ne pas faire mourir sa mère d'angoisse, Sol par discrétion.

Mais ils suivent pas à pas la manifestation grâce aux appels vidéo de leurs potes.

— Les garçons, vous verriez ça, c'est de la folie !

— Tu es où, Mélissa ?

— Devant la médiathèque. Regardez qui arrive !

Sur l'écran, Leïa et Evan leur sourient, à cheval sur les camarguais de la jeune femme.

— Coucou Sol !

— Hello !

De nouveau le visage de Mélissa.

— Ils sont venus avec leurs petits copains.

Elle leur montre une longue colonne de chevaux qui descend l'avenue. Leurs cavaliers portent des pancartes où sont inscrits des messages de soutien à Homère et Sol.

— Vous avez vu les bestiaux ? Que de la race pur-sang bleu, ça, messieurs. Et sur leur dos, c'est pas des petits mecs en baskets...

Elle zoome.

— Matez la qualité des bottes, je veux les mêmes pour mon anniv.

Sol passe une main sur son front.

— C'est incroyable, le nombre de personnes qui sont venues…

— Ça va marcher, Sol, j'en suis sûre.

Melvin tourne sa clé dans la serrure, pousse la porte et esquisse un sourire en apercevant la tête brune et la tête blonde penchées sur le téléphone. Les deux frères de cœur réunis, il en hululerait de bonheur.

— Salut, Pa', t'es pas à la marche ?

— On m'a appelé du commissariat il y a une heure, j'en sors.

Sol fronce les sourcils, inquiet.

— Merde, qu'est-ce qu'ils ont encore inventé ? La manif les a énervés ?

Le visage de Melvin rayonne, alors son fils se décrispe un peu.

— J'ai dû aller signer des papiers…

— Des papiers ?

Melvin s'incline, pose ses mains sur les épaules de son fils.

— Allez, je te le dis, ils te rendent Homère.

— Hein ?

Sol en reste scotché sur le canapé. L'information met quelques secondes pour parvenir jusqu'à son cerveau.

— Mais… et le vétérinaire ?

— Vu le bazar en ville et les télés qui ont débarqué, le préfet a paniqué. Il a envoyé un véto en urgence pour examiner ton cheval et voilà…

Sol se redresse, comme monté sur ressort.

— Voilà… voilà ?

— Ben oui. C'est fini.

— Mais… Waouh ! Faut prévenir Mélissa !

Il tape un message à toute allure sur son téléphone.

— Ils se sont même pas excusés, je parie, dit Tatepa.

Le rire ironique de Melvin lui répond.

— Homère est au centre équestre du Cône, ajoute-t-il.

Les garçons échangent un regard.

— Mais je suppose que je ne vous apprends rien…

Ils plongent la tête en avant, soudain fascinés par leurs orteils.

— Il risque d'y avoir du monde là-bas, une fois que les gens auront appris la nouvelle. Je me disais que ça serait peut-être mieux de le ramener à Bagny en van, inutile de lui mettre la pression.

— On pourrait aller chercher celui de Leïa et l'exfiltrer incognito.

Melvin sourit.

— C'est ça, je crois qu'on a tous besoin d'anonymat. Le buzz et les flashs, c'est pas pour nous.

— On les remerciera quand même, tous ces gens, dit Sol, parce que sans eux...

Il réfléchit un instant.

— Je pourrais faire une vidéo avec Homère et la poster sur le groupe de soutien, je ne sais pas si ça suffira...

— Ce sera un super cadeau, dit Tatepa. Vous deux ensemble, ça brille plus que les guirlandes de Noël des Galeries Lafayette.

— Homère in the country, scène un, ça tourne !

Melvin filme, Sol ouvre le pont arrière du van. Il adresse un sourire de gosse à l'objectif, fait descendre son cheval à reculons dans la cour du Havre de Leïa.

Homère reste une seconde immobile, le garçon l'encourage du regard, et le voilà qui s'élance, les quatre sabots à l'aventure, pile net, saisi d'une brusque inspiration, et se cabre en lançant ses antérieurs vers le ciel, comme s'il voulait boxer les nuages.

Melvin zoome sur son fils.

— Bonjour à tous, c'est Sol, je voulais vous dire merci pour ce que vous avez fait pour Homère et moi, je n'oublierai jamais. Ne lâchez rien et restez libres.

Son père coupe l'enregistrement et agite son téléphone.

— Parfait, c'est dans la boîte. Simple, sans blabla, tout toi.

Ils s'assoient au bord d'un pré tandis que le cheval file se rouler dans le sable.

— Tu sais, dit Melvin, j'ai réfléchi…

Son fils laisse courir ses doigts entre les trèfles.

— Je vais accepter la proposition de Leïa et travailler ici.

Le visage de Sol, un soleil.

54

Il y a…

La rentrée. Les cours de Sol au centre de formation, ses nouveaux profs, sympas, presque tous.

Jade est sa responsable de stage, ça la fait marrer de l'appeler « mon petit Sol ». Il engrange tout ce qu'elle lui apprend comme une récolte, une moisson, il fait provision. Elle s'y connaît mieux que personne en vieux, en amour des vieux. Parce qu'il faut sacrément les aimer pour les supporter par moments, vraiment les aimer pour les accompagner sans s'effondrer.

Les portraits de Victor décorent les couloirs de l'EHPAD. Il a choisi de travailler à la gouache, c'est plein de couleurs, d'arcs-en-ciel dans les rides. Émile et Louise ont voulu poser ensemble. Victor les a représentés de profil, leurs nez se touchent, pas leurs lèvres. Mais ça ne saurait tarder.

Tatepa a commencé son apprentissage. Il s'éclate au garage et même ses cours, il les kiffe. Ce qu'il préfère, c'est avoir les doigts noirs de graisse, d'huile et de goudron, de vraies mains de mécano.

Son boulot et son lycée pro sont à cinquante kilomètres de chez lui. Iris tient à l'emmener le matin et à aller le chercher en fin de journée, même si ça l'oblige à se crever des heures sur la route. Tatepa a négocié de passer son permis en conduite accompagnée, ses parents ont acheté un véhicule adapté, Iris hurle dès qu'il accélère et passe la quatrième, ils s'engueulent, normal.

Il y a…

La terminale. Et tout ce que cette dernière année de lycée projette de terminer, y compris ce qui n'a pas commencé. Mélissa, Matthieu, Victor et Eva pensent déjà au bac, à l'après, et Sol, ça le stresse. Même si Mélissa prévoit de s'inscrire en fac de droit à Lyon et que ce n'est pas si loin.

Il ne l'a toujours pas embrassée. Il se traite de tous les noms, se promet chaque jour d'oser le lendemain et ne tient pas sa promesse.

Il parle d'elle à Homère pour pouvoir s'en parler à lui-même sans en avoir l'air.

Il y a…

Le départ d'Evan.

Le Mexique... un monde exotique, tellement loin d'ici...

Pour ceux qui restent, c'est un manque, un de plus à combler. Mais le manque d'un être vivant qui rit, danse et chante sur un autre continent, c'est aussi une envie qui naît, le projet d'aller lui rendre visite. Une promesse d'aventure.

Il y a...

Sol et Homère, Homère et Sol. Qui continuent à jouer leur partition à deux mains et six pieds.

La ville, ils ont renoncé. Homère in the city, plus jamais. Enfin, pour eux.

Parce que pour les gosses qu'ils ont fait rêver, le cheval et son cavalier sont entrés dans la légende. Leur légende. Cette belle histoire vraie les aide à y croire, les pousse à vouloir, à oser, à exister. À montrer qui ils sont et l'étendue de leurs pouvoirs. Il y a des pépites de mômes au cœur des cités, il faut juste les laisser briller.

Melvin apprend la liberté au Havre de Leïa, il a l'impression de respirer pour la première fois depuis des années. Il aime les chevaux, ils sont vrais, se moquent des convenances, crottent quand il vient de nettoyer leurs box, pètent quand il leur cure les pieds, posent la tête sur son épaule à tout bout de champ. Avec eux pas besoin de se déguiser, il a le droit d'être lui-même. Et si le lundi matin il a envie de chialer parce que, bon sang, il n'en peut plus des dimanches, il peut le faire, ils essuient sa morve avec leur crinière.

Enfin il y a…

Ce dimanche-là.

Le dimanche idéal, petite brise, feuilles rousses, ciel d'azur mousseux de nuages, peupliers chantants.

C'est ce que Sol voit de sa fenêtre pour éviter de regarder son père qui traverse le parking, dos voûté, tête basse, tout engrisé dans ses pensées. Et terriblement seul.

Le dimanche, habituellement, Melvin traverse le parking, monte dans sa Clio, démarre et s'en va. Et Sol s'éloigne de la fenêtre, erre dans le salon et s'en va aussi. Traîner ailleurs.

Ce dimanche-là, il ouvre la fenêtre et crie du douzième étage :

— Pa' attends-moi !

Il tire la porte de l'appartement, dévale, sort de l'immeuble, traverse le parking, et case son grand corps dans l'auto. Les mains crispées sur son volant, son père démarre et ils s'en vont.

Melvin ne parle pas, Sol non plus. Il attend que la voiture franchisse les quinze kilomètres qui les séparent de Rose. De sa mère.

Il ne veut plus se souvenir. « Les souvenirs, lui a dit Émile, c'est de la mémoire en conserve. » Les siens sont périmés. Ce n'est pas avec ses souvenirs de gosse traumatisé qu'il peut se construire, avancer, aimer, embrasser.

Melvin gare la voiture sur un autre parking où Sol n'est jamais allé. Ils ont franchi une grille et laissé derrière eux une enceinte de murs hauts comme des gratte-ciel. La bâtisse est immense, c'est un ancien château, maintes et maintes fois remanié. C'est là que vit Rose. C'est ici que respire sa mère.

Autour du château, il y a un parc. Doré, bruissant. Tellement vaste qu'on pourrait y galoper. Des allées sinuent entre les arbres, des gens sont assis sur des bancs. Personne ne court ici. Mais souvent, des hommes et des femmes crient. Pas d'enfants. Ce n'est pas un endroit où l'on emmène les enfants.

Sol choisit un banc, à l'écart, entre un buisson de houx et un châtaigner. Melvin le suit. Il s'assoit le premier. Il sait ce que son fils attend. Lui aussi a érigé des murailles infranchissables, planté des buissons d'orage au-dessus desquels planent encore des nuages d'épines. Il a ceint sa douleur d'une chaîne épaisse, cadenassée à triple, quadruple tour. Il a construit une forteresse. Sol n'a jamais pu y entrer.

Il décrispe ses doigts, pose ses mains à plat sur ses cuisses et prend sa respiration, sans bruit. Son fils s'assoit à côté de lui.

— Rose et moi… commence Melvin.

Ça lui fait mal de s'entendre dire « Rose ». Il n'a pas prononcé le prénom de son amour à haute voix depuis…

— Rose et moi, on a eu une enfance difficile. Quand on s'est rencontrés, on était comme deux oiseaux blessés et on s'est réparés ensemble, à force de s'aimer. On a mis longtemps avant d'oser penser à faire un enfant. Elle est tombée enceinte trois ans après notre mariage. On était fous de joie. On a préparé la chambre de notre bébé, acheté son trousseau, son berceau… Le ventre de Rose pointait à peine que tout était déjà prêt. Je l'accompagnais aux échographies et on écoutait le cœur de notre petit haricot battre à toute allure. Il galopait, galopait, c'était incroyable comme il était vigoureux. Rose est devenue ronde de partout, des épaules, des joues et du ventre, bien sûr. Elle était superbe. Le bébé donnait des coups de talon prodigieux qui déformaient sa peau, on était sûrs qu'on attendait un garçon. On a cherché des prénoms, notre préféré, c'était... c'était...

La voix de Melvin se brise, casse net. Sol ne fait pas un geste pour l'encourager. Il attend. Il est attente et rien d'autre.

Quelque chose s'agite dans le houx, ça frotte la terre, ça fait vibrer les feuilles. Une châtaigne tombe d'une branche, roule à leur pied, coque hérissée.

Melvin souffle :

— Notre prénom préféré, c'était Solomon.

Sol écoute le vent murmurer dans les branches et raconter l'arbre, le pays sur l'écorce.

Son père rassemble son courage, il lui en faut tant pour parvenir à dire.

— Il restait trois mois avant la naissance...

Le soleil se reflète dans les vitres du château, on le croirait illuminé de l'intérieur.

— C'était l'été, on était partis un week-end à la campagne pour que Rose se repose. Je la trouvais distante, elle s'énervait pour un rien, je ne comprenais pas pourquoi. Le soir de notre arrivée, je me suis étendu à côté d'elle sur le lit. C'était un vieux lit en bois massif, avec un matelas épais et des draps un peu rêches, je m'en souviens bien... Il y avait une table de nuit assortie, une lampe à l'abat-jour rouge, un napperon brodé...

Il brode lui aussi, retarde le moment. Sol attend.

— J'ai posé une main sur le ventre de Rose, en chantonnant pour la détendre. J'espérais sentir les coups de pied du bébé, et rien. Il n'y en a pas eu. J'ai regardé Rose et elle s'est mise à pleurer sans pouvoir s'arrêter, elle m'a dit que notre enfant ne bougeait plus depuis… depuis six jours.

Melvin plonge son visage entre ses mains.

— Elle ne voulait pas qu'on le lui enlève, elle voulait le garder, et moi… je l'ai… je l'ai emmenée à l'hôpital. Elle se débattait, ils l'ont endormie et ils ont sorti de son ventre une minuscule petite fille. Son cœur ne battait plus. Je l'ai vue, elle était comme un bouton de rose, délicate, avec des paupières… des paupières tellement fines, on aurait dit des pétales. Je l'ai nommée Nina.

Les yeux de Sol s'embuent, son menton tremble.

— On a déménagé, nous ne voulions plus d'enfant. Rose a été très malade, elle a cherché à mourir tellement de fois. Pourtant, six ans après Nina, tu es arrivé. Et elle a souhaité te garder. Elle a passé sa grossesse allongée sur un lit d'hôpital, reliée à des machines. Tu as très peu bougé, tu restais enroulé sur toi-même en attendant de naître. Rose ne parlait pas, elle était… comme moi, elle était terrorisée. Et puis tu es né et je suis tombé fou de toi. La sage-femme a demandé ton prénom, nous n'en avions pas parlé, ta mère a dit Solomon.

Sol déborde. Des torrents déferlent sur ses joues. Melvin n'ose pas le prendre dans ses bras, alors il continue.

— Ta maman, tu l'as apprivoisée. Tu la touchais sans cesse, tu l'embrassais, tu remuais dans tous les sens, et tu riais. Tu as ri très tôt, et c'est ce rire qui l'a guérie, c'était un rire irrésistible. Tu es devenu Solomon, notre Sol, pas l'enfant qui n'était pas Nina. Tu étais notre chance, notre miracle.

La pelouse devant eux est d'un vert sombre parcouru d'ombres, jonché de roux. Un jeune homme sort du château, il a l'air perdu, marche courbé en s'accrochant au bras d'un autre homme, pas tout jeune.

— Tu as grandi, ta mère allait bien, reprend Melvin. Enfin, c'est l'impression qu'elle donnait. Elle travaillait à l'accueil chez une dentiste. Tu venais d'entrer en CP, sa patronne a accouché d'une petite fille… une petite Nina.

Le rythme de sa voix se hache, s'accélère, il veut se débarrasser, ça le tue de raconter, c'est trop violent, il n'en peut plus.

— Ta maman a fait une dépression, c'était très grave, je l'avais déjà vue dans cet état-là. Je m'occupais de toi, du mieux que je pouvais, j'essayais de t'amuser et tu continuais à rire. Ta mère a remonté un peu la pente, j'ai cru que c'était gagné. Un jour j'ai reçu un appel, mon père allait mourir. C'était quelqu'un de mauvais, j'ai eu besoin d'être sûr, de vérifier que c'était fini pour lui. Ta mère m'a rassurée, elle m'a dit qu'elle pouvait rester seule une nuit avec toi. Alors je l'ai crue, je n'ai pensé qu'à moi, et je suis parti à Pantin, pas loin de Paris.

Il soupire.

— Je n'ai même pas été soulagé de voir ce type moribond sur son lit. Ça m'a juste glacé.

Il se tait, comment poursuivre ?

Sol tourne la tête vers lui.

— Continue, souffle-t-il.

Melvin plonge ses yeux dans les siens, y puise la force de parler.

— Je suis revenu chez nous le lendemain et je t'ai trouvé en larmes à côté de ta maman. Elle avait avalé la totalité de ses boîtes de médicaments, pas pour t'abandonner, Sol, mais parce qu'elle n'arrivait plus à vivre. À l'hôpital, ils ont réussi à la réanimer…

Un gémissement lui échappe, il presse un poing sur ses lèvres, ne peut plus retenir ses pleurs.

— J'ai cru que je ne pourrais plus vivre moi non plus, elle respirait, mon Sol, mais c'était tout, elle était morte à l'intérieur, plus rien de celle que nous aimions n'existait.

Il tire un mouchoir de sa poche, se mouche, s'essuie les yeux, essaie de se calmer.

— Tu l'as revue une fois, les psys pensaient que c'était bien pour toi. C'était un moment horrible, elle ne te regardait pas, ne t'entendait pas, et toi, tu voulais tellement fort qu'elle te serre dans ses bras, ça t'a fait trop mal. Tu es devenu une petite boule de souffrance, tu ne parlais plus, tu ne voulais plus que je te touche, je ne savais pas quoi faire pour te consoler, j'étais complètement perdu, alors j'ai décidé que tu ne reverrais plus jamais ta maman, qu'on n'en parlerait plus.

Sol s'agrippe à lui, dévasté.

— Mais pourquoi tu ne m'as rien dit ? Pourquoi tu ne m'as pas parlé de Nina ?

— Je...

Melvin baisse la tête.

— Je ne sais pas, Sol, je ne sais pas.

Sol voit ses épaules s'affaisser, les sanglots secouer son corps et raconter toutes les souffrances endurées, le courage qu'il lui a fallu pour tenir le coup, la difficulté d'être père. Si Melvin lui avait parlé de sa sœur, l'aurait-il entendu ?

Il se lève et s'accroupit devant lui, lui caresse le bras, pose son front contre le sien.

— Elle te parle ? Elle te regarde ? Elle réagit quand tu es là ?

— Non… elle est… elle est vide.

— Alors pourquoi tu continues à te faire souffrir ? À venir comme ça, tous les dimanches ?

Melvin se redresse. Son visage est inondé de larmes et son regard d'une infinie douceur.

— Parce que je l'aime, Sol. Je ne peux pas faire autrement que l'aimer.

Sol reste assis sur le banc pendant que son père est avec sa mère. Il lui a expliqué comment trouver la tonnelle de glycines où il a l'habitude de la conduire quand il fait beau. Sol ne parvient pas à savoir s'il a envie de la voir. Ses jambes décident pour lui.

Ils les observent de loin, adossé à un arbre. Elle est affaissée, le menton sur sa poitrine, minuscule dans son fauteuil roulant. Sol ne voit pas sa mère dans cette femme, ne cherche pas à la reconnaître. Il regarde son père qui lui tient les mains, lui caresse les cheveux, sans cesser de lui parler. La silhouette dans le fauteuil demeure inanimée, mais ça n'empêche pas Melvin de rire et de raconter. Il y met toute son énergie, tout son charme, comme s'il espérait encore la réveiller. Sol le trouve beau, magnifique, admirable, ça lui arrache ce qui lui reste de larmes.

Il ne s'avance pas davantage, plus tard peut-être... Il a du mal à se dire que ce petit tas d'os à la chevelure striée de mèches blanches est sa mère. Une pensée lui traverse l'esprit. Un jour, s'il décide de l'approcher, il apportera le poste radio de madame Brahim et ils écouteront de la musique.

Il retourne s'asseoir sur le banc, à côté du houx. Un petit oiseau au plumage de cendre grise sort du buisson, sautille, l'œil luisant, picore la pelouse. Sol se laisse aller contre le dossier, ferme les yeux, respire.

Parfum de terre et de racines, bruissements de feuilles, craquements, onde de vent sur crête de tige, bourdonnements, crépitements d'insectes, frissons de fourmilière, roucoulements. Tout est vivant.

Quand Melvin le rejoint en fin d'après-midi, il se lève et l'enlace. Il ne pleure pas sur son épaule, il le serre fort contre lui, le soutient, l'empêche de flancher, lui transmet sa force, le protège.

55

Mélissa l'attend devant les Bleuets, les pieds dans des bottes en caoutchouc rouge, vêtue d'un ciré jaune. Il aime qu'elle aime la couleur.

Il lui fait la bise, comme toujours, elle lui prend le bras, comme à chaque fois. Ça l'amuse de penser qu'ils ont déjà des habitudes.

Il lui dit :

— J'ai vu ma mère.

Elle n'est pas étonnée. Il aime qu'elle sache toujours avant lui ce qu'il va faire.

Il lui raconte son histoire et celles de ses parents, sa sœur Nina, dans une tombe minuscule quelque part dans le Jura.

— Tu iras la voir ? demande-t-elle.

— Je ne sais pas.

La pluie se met à tomber et il aime qu'elle dégouline sur son ciré.

Ils marchent longtemps, sans beaucoup parler. Ils longent les écuries, entrent dans la forêt. Il aime le chant de la pluie qui fait chanter la terre.

Ils s'accoudent à la barrière, coude contre coude, aperçoivent Gaëlle sur Aquarium qui entre dans le manège. Ils rient.

Il lui dit :

— Tu dormais, étendue dans la paille, et j'ai eu envie de t'embrasser.

Elle murmure :

— Tu buvais ton cappucino et j'ai eu envie de t'embrasser.

Il passe ses bras autour de sa taille. Elle lève les yeux vers lui.

Elle lui dit :

— Je t'aime d'amour depuis le premier jour.

Il aime qu'elle lui pique sa réplique de cinéma.

Il pose ses lèvres sur les siennes, l'envole, l'embrasse et se laisse envoler, embrasser, embrasser, embrasser.

Les gouttes ruissellent une à une sur les feuilles dorées du tilleul, glissent et s'égrènent dans leurs cous. Enroulés autour d'une branche, deux étriers se balancent.

Mes remerciements

Homère in the city **a été inspiré par une foule de personnages de la vraie vie :**

Gamart Camara, jeune homme issu d'un quartier populaire, passionné d'équitation, qui s'est promené à cheval dans les rues de Montreuil. La vidéo de sa balade a fait le buzz sur le web. Vous pouvez écouter son histoire en podcast (« Le cavalier du 93 » – émission *Les pieds sur terre* – France Culture).

Il y a les vivants chers à mon cœur : Eunice et Mélissa (mère et fille, joie incarnée), Matthieu (mon fiston), Anaïs (ma nièce chérie), Joris et Victor.

Et les morts que je porte en moi : Juliette (Brahim) (ma nounou), Émile (tonton, fan de posters olé olé), Louise (tatan Lili) et… Aquarium (mon premier cheval de feu).

J'ai écrit le personnage de Tatepa en pensant à un être doux, charmant, rieur et généreux, un garçon au visage d'ange. Mon petit frère Xavier que j'aime tendrement.

Le Havre de Leïa a été inspiré par un lieu merveilleux, une écurie alternative située à Bény, dans l'Ain : le Havre de Galahia (Instagram : @havre.de.galahia)

Ce roman doit beaucoup à :

Clémence Bard (éditrice talentueuse, créative, bienveillante et ô combien attentive), Vanessa Canavesi (préparatrice de copie, tellement fine !), Julie Camilotto (assistante éditoriale, orchestratrice des corrections/typo/mise en page) Nicolas Galkowski (graphiste/illustrateur de la sublime couverture), Claire Gaillard (œil de chat-lynx-aigle : correctrice) et Céline Charvet (adorable directrice éditoriale).

Franck Taisne de Mullet pour les conseils judiciaires.

Tom (mon bêta lecteur d'♥) @book_by_tom_ sur Instagram, et les formidables bookstagrameurs. euses : Nathan @lesinfoslivres, Chloé @les. lectures. de. chloé, Aglaé @leslivresdaglae, Laurine @les.merveilles.de.lau et Lucie @reves_de_papier_

Enfin, Simon Roguet, génial libraire (@simon-roguet – Librairie M'lire @librairiemlirelaval).

Immenses mercis à tous !

Playlist du roman :

Eminem, Schubert, Orelsan, Haydn, Skread, Stromae, Guillaume Poncelet, Blick Bassy, Mozart, Sofian Pamart, Bach, Vivaldi, Nick Cave, Nekfeu, Yodelice, Ravel Ina Wroldsen, Gaël Faye, Bigflo & Oli, Sting, Jasmine Thompson, Yael Naïm, Avicii, Khaled, Gotan Project, The Pogues, Abd el Malik, The Doors, Rameau, Eagles, Simon & Garfunkel.

Cécile Alix vit dans l'Ain, une région d'étangs et d'oiseaux migrateurs (de poulets de Bresse aussi). Elle a fêté ses 50 ans un mois avant la parution d'*Homère in the city*. Depuis qu'elle sait lire, elle rêve de devenir poète et écrivaine. Alors, il y a une dizaine d'années, elle s'est lancée dans l'écriture à plein temps. Depuis, un peu plus de 80 livres ont vu le jour en édition jeunesse, albums, BD, romans, didactiques... elle s'est récemment mise à écrire pour les ados et jeunes adultes parce que ses premiers lecteurs ont grandi et qu'elle les adore. Elle se nourrit du monde qui l'entoure, de musique, de lectures, de podcasts, de danse, de ciné, de théâtre et aime partager avec la communauté littéraire Bookstagram.

Son blog de scribe : http://homoscribanus.blogspot.com/

Son compte Instagram : @cecile.alix